Befreiung
Vier sind einer zu viel
Der dritte Fall von Bahr mit Eifer
Marco Harnisch
Gay Mystery-Crime

Marco Harnisch

- Befreiung –

- Vier sind einer zu viel -

Der dritte Fall von

Kommissar Bahr mit Eifer

Gay Mystery-Crime

1. Auflage

März 2016

Copyright Texte: Marco Harnisch

Bildmaterialien: www.pixabay.com / www.fotolia.com

Covergestaltung: Marco Harnisch

Herstellung und Druck:

Siehe Eindruck auf der letzten Seite

Sämtliche Personen und Handlungen dieser Geschichte sind frei erfunden und Ähnlichkeiten daher nur zufällig.

ISBN-13: 978-1530165926

ISBN-10: 153016592X

Ein weiteres Mal bedanke ich mich bei:

Marita Lucas

Lotti Noctua

Doris Nefzger

Sophie Triller

Jill J. Jenkins

Und natürlich bei meiner besseren Hälfte!

Danke Tom!

\~ ~ ~ ~

Bahr tippte erneut einen siebenstelligen Code in das Kästchen. Und wieder erntete er ein Lämpchen, das kurz in einem alarmierenden Rot aufleuchtete.

„Was ist denn?“, fragte Jörgens, der von Sekunde zu Sekunde nervöser wurde.

„Es funktioniert nicht. Keine Ahnung warum. Bei den anderen vier Türen hat doch alles super geklappt, was um alles in der Welt …?“ Andreas ließ den Satz unbeendet und schaute noch einmal auf das kleine graue Gerät in seiner Hand. Es hatte die Form eines Schlüssels. In einem winzigen Display wechselte alle dreißig Sekunden ein Code, der aus Zahlen und Buchstaben bestand. *Damit kommst du durch alle Türen*, hatte sein Maulwurf behauptet, als er es ihm in die Hand drückte. *Nur für die Gefängnisräume musst du dir etwas anderes einfallen lassen.* Das hatte er getan, nachdem er von Steffi unsanft aus dem Schlaf gerissen worden war. Er döste zwar noch einmal weg, aber Nicks Kuss, von dem er geträumt hatte, prickelte noch lange auf seinen Lippen. An schlafen war anschließend nicht mehr zu denken. Stattdessen stand er auf und befasste sich damit, wie sie die Gefängnisräume öffnen könnten. Die Stunden bis zur Dämmerung hatte er mit dem Übersichtsplan verbracht, um die Kameras, deren Funktion und die jeweils abgedeckten Bereiche, die darauf verzeichnet waren, auswendig zu lernen. Andreas Bahr hatte noch nie darauf vertraut, solche wichtigen Informationen auf Papier oder in elektronischer Form mit sich herumzutragen. Einzig seinem Gehirn traute er zu einhundert Prozent. Hinzu kam, dass sie bei dieser Aktion keine Sekunde verlieren durften. Da war es besser, alles im Kopf zu haben.

Jetzt stand er mitten in der Nacht mit Jörgens im Gebäude des Geheimdienstes und fluchte still vor sich hin. Dachte er zu Beginn noch, alles sei recht einfach, begann ihm nun vor der vorletzten Tür, die Jörgens und ihn von Nicks Onkel trennte, der Schweiß auszubrechen.

Patrick schaute auf seine Uhr. „In zwei Minuten kommt er."

„Ist ja gut. Ist ja gut. Ich versuche es ja, aber diese verdammte …" Hastig blickte er auf den Plastikschlüssel in seiner Hand und tippte den neu erschienen Code ein.

Erneut leuchtete die rote Lampe auf.

„Ich hoffe, wir lösen mit den falschen Eingaben nicht irgendeinen Alarm aus", murmelte Jörgens, während er weiterhin durch die getönte Glasfront neben der Metalltür schaute. „So nah", flüsterte er.

Er konnte Nicks Onkel von hier aus sehen. Zu dem Zimmer, in dem er sich befand, gehörte eine ähnliche Sicherheitsglasfront wie die, durch die er selbst gerade schaute. Robert lag auf dem Bett und schien zu schlafen, was nur natürlich war, schließlich hatten sie um zwei Uhr nachts mit dem Einstieg ins BND Gebäude begonnen. Nick hatte unbedingt mit hinein gewollt, doch Andreas war keinen Millimeter von seiner Entscheidung abgewichen. „Schlimm genug, wenn sie zwei Polizisten bei diesem Einstieg erwischen würden. Das bekämen wir jedoch irgendwie durchgeboxt. Bei einem Zivilisten sehe ich allerdings schwarz. Sie bleiben im Wagen, bereit, so schnell wie möglich von dort zu verschwinden, mit oder ohne uns“, hatte Andreas ihn angewiesen. So saß Nick im Auto vor dem Gebäude und kaute sich wahrscheinlich die Fingernägel bis aufs bloße Fleisch ab oder rauchte eine nach der anderen, während Bahr und er selbst versuchten Robert zu befreien.

„Noch eine Minute.“

Bahr brummte verstimmt und starrte auf den Code, der sich jeden Augenblick ändern sollte. Als die Buchstaben- und Zahlenkombination umsprang, tippte er sie direkt in das Kästchen. „Verdammt noch mal“, fluchte er leise, als es Rot aufleuchtete. Nur noch ein Versuch blieb übrig, bevor der Wachmann den Gang, in dem sie sich in diesem Augenblick aufhielten, erreichen würde.

„Vergessen Sie‘s. Wir sollten verschwinden.“ Patrick hielt den Blick auf die Sekundenanzeige der Digitaluhr geheftet. „Das wird zu knapp.“

„Gehen Sie zurück zur anderen Tür und halten Sie sie auf“, wies Andreas ihn an.

Jörgens nickte und wandte sich um. Mit ein paar Schritten eilte er durch den Gang zu der Tür, durch die sie den Korridor betreten hatten. Er schob sie auf und hob die kleine Metallschiene, die heruntergefallen war, vom Boden auf. Mit diesen Plättchen hatten sie den Bolzen der Schließmechanismen blockiert, um die Türen, ohne erneute Eingabe des Codes, aufstoßen zu können.

„Vierzig Sekunden“, flüsterte er Andreas zu.

Dieser nickte und wartet darauf, dass sich der Code ein weiteres Mal änderte. Es war ihre letzte Chance, weiter vorzudringen.

„Dreißig.“

Schweiß sammelte sich auf Andreas‘ Stirn.

„Zwanzig.“

Die Kombination änderte sich, Bahr tippte sie ein.

Rot.

„Shit", fluchte er. *Die haben doch nicht …?* Er tippte erneute auf die Tasten. Das Licht sprang auf Grün. Die Verriegelung klickte, er schob die Tür auf. „Los!"

Patrick platzierte das Metallstück im Mechanismus, schloss die Tür und eilte hinter ihm her. Auch diese Tür manipulierte er mit einer Platte und drückte sie hinter sich zu.

Schweigend und flach atmend pressten sie sich nebeneinander mit dem Rücken gegen das Metall. Schritte von schweren Stiefeln waren auf der anderen Seite zu hören. Die Geräusche wurden lauter, während sich der Mann näherte. Beide hielten den Atem an, pressten sich noch enger an die Tür, als die Schritte verhallten. Der Patrouillierende war stehengeblieben. Patrick verwettete seinen knackigen Arsch darauf, dass der Mann in diesem Augenblick durch die Scheibe neben der Tür schaute. Da er direkt an dem Glas stand, rückte er näher zu Andreas. Dieser machte sich so schmal, wie es ihm möglich war, um Patrick Platz zu geben.

Als sie hörten, dass der Mann seine Patrouille fortsetzte, seufzten beide leise und atmeten erleichtert aus. Sie schauten sich an und nickten zeitgleich. Bahr deutete zu den zwei Kameras, die in unterschiedlichen Ecken angebracht waren und sich laut seinen Aufzeichnungen alle fünf Minuten neu ausrichteten. Er blickte auf seine Uhr und zeigte erst auf die zu ihrer Rechten, dann hielt er Patrick drei Finger entgegen. Nachdem er auf die andere gedeutet hatte, die momentan auf den Zugang zu Roberts Zimmer gerichtet war, hielt er zwei Finger hoch. Patrick schluckte. Sie hatten demnach eine Minute, um in den Raum zu gelangen, in dem Nicks Onkel schlief. Anschließend würden sie dort fünf Minuten unentdeckt bleiben und ihn von ihrem Vorhaben überzeugen müssen. Sollte dies glücken, müssten sie unverzüglich den Rückweg antreten. Auch dafür existierte ein straffer Plan, denn in jedem der Korridore patrouillierten Soldaten in bestimmten Rhythmen. Bahr hatte alles mehrfach genau durchgerechnet. Ihr Zeitfenster war ziemlich klein, nur wenige Sekunden durfte sie vom Plan abweichen. Es war zu schaffen, doch durfte rein gar nichts dazwischenkommen.

Patrick schaute zu Andreas, der mit den Fingern die Sekunden herunterzählte. Als er den Daumen wegklappte, ertönte ein Sirren und die Kamera begann sich zu drehen. Bahr deutet an, dass sie losgehen mussten, was sie auch sofort taten. Andreas hatte ihn darüber informiert, dass die Kameras mit Weitwinkelobjektiven ausgestattet waren, die beinahe keinen toten Winkel hatten. Allerdings hatte sein Chef sich schlaugemacht und wusste daher ebenso, dass es sich dabei tatsächlich nur um ein ‚beinahe' handelte.

Immer im winzigen toten Winkel der sich drehenden Kamera bleibend, schlichen sie Stück für Stück auf die Gefängnistür zu.

Als sie ankamen, legte Bahr seine Hand mit breit gespreizten Fingern auf das Display der elektronischen Sicherheitsvorkehrung. Der Bildschirm leuchtete grün auf und ein Feld zur Eingabe eines Pins erschien. Mit flinken Fingern tippte er ihn ein. Einer der Codes, die feststehend waren. Er hatte die sieben Zeichen von seinem Maulwurf bekommen und sie ebenfalls im Kopf abgespeichert. Es summte kurz, Bahr zog die Tür auf und schlüpfte in den spärlich beleuchteten Raum. Patrick folgte, schob ein weiteres Mal eine Schiene in die Verriegelung und schloss die Tür geräuschlos hinter sich. Sie blieben am Eingang stehen, dem einzigen Ort im Raum, ausgenommen von der Toilette, der durch die Glasfront nicht einzusehen war und lauschten dem Surren der zweiten Kamera. Andreas pellte sich die künstlich erstellten Fingerabdrücke ab. Er hatte sich Viktor Brokvists Informationen aus der Datenbank besorgt und sich hauchdünne Kopien seiner Abdrücke anfertigen lassen. Es war oft von Vorteil, Leute zu kennen, die für Freunde und gute Kollegen auch mal Fünfe gerade sein ließen.

„Hey“, versuchte Andreas, Robert Hermanns flüsternd zu wecken, während er die künstlichen Fingerabdrücke in die Hosentasche steckte.

Dieser reagierte rein gar nicht.

Er probierte es erneut. „Robert Hermanns, wachen Sie auf.“

„Das wird so nix“, raunte Patrick ihm zu und schaute auf seine Uhr. Die Zeit lief ihnen davon. Sie mussten handeln, wollten sie im Plan bleiben.

Er legte sich auf den Boden und begann, die etwa vier Meter zu Roberts Bett hinüber zu robben. Bahr blieb seufzend an der Tür zurück und beobachtet ihn.

Patrick, neben dem Bett angekommen, griff hinauf und zerrte an der Bettdecke.

„Was …?“, brummte Robert verschlafen, als ihn ein Zischen, das vom Boden kam, innehalten ließ.

„Bleiben Sie ganz ruhig liegen und hören Sie zu.“ Roberts Kopf drehte sich zur Tür, von wo aus die raue Stimme flüsterte. „Nick schickt uns, Sie hier herauszuholen. Mein Name ist Kriminalkommissar Andreas Bahr. Unter Ihrem Bett liegt mein Kollege Patrick Jörgens. Wir haben ein sehr knappes

Zeitfenster, um von hier zu verschwinden. Tun Sie genau, was ich sage, dann kommen wir alle mit heiler Haut hier heraus."

Robert Hermanns deutet mit einem Nicken an, dass er verstanden hatte.

„Hey", grüßte Patrick leise und begann, zurück zur Tür zu robben.

„Wie lange noch?", fragte er Andreas. Dieser schaute auf die Uhr. „Es geht gleich los. Halten Sie beide sich bereit. Herr Hermanns, bis ich auf Null heruntergezählt habe, bleiben Sie liegen und stellen sich schlafend."

„Okay", presste er zwischen den Lippen hindurch und schloss die Augen.

Bahr schaute erneut auf die Uhr und nickte Patrick zu. Dieser hielt sich bereit, als Andreas zu zählen begann:

„Zehn."

„Neun." Er wandte sich um. „Sieben."

Jörgens tat es ihm gleich und legte die Hand an den Türknauf.

„Drei." Das Surren der Kamera ertönte.

„Null."

Robert sprang im selben Moment aus dem Bett, wie Patrick die Tür öffnete. Geistesgegenwärtig knüllte er das Bettzeug noch schnell zusammen, sodass es aussah, als würde er weiterhin dort liegen. Bahr nickte anerkennen und schlüpfte als Erster hinaus. Robert Hermanns folgte und Jörgens bildete den Schluss. Sie schlichen dicht beieinander im toten Winkel der sich drehenden Kamera zur Metalltür. Bahr schaute auf die Uhr. Sie hatten dreißig Sekunden, bevor die Wache wieder im dahinterliegenden Korridor auftauchen würde.

Vorsichtig öffnete er die Tür einen Spaltbreit und lugte in den Gang. Niemand war zu sehen. Er schob sie weiter auf und eilte hindurch. Die anderen folgten auf dem Fuße.

Dieser Vorgang wiederholte sich noch zwei weitere Male. Nur noch eine Tür galt es zu überwinden. Robert wollte sich an Andreas vorbeischieben, um die letzte Hürde aufzustoßen und ins Freie zu stürmen. Bahr schlug ihm den Arm weg. Jörgens griff Robert zeitgleich an die Schulter.

Andreas tippte auf seine Uhr. „Timing“, flüsterte er. In jedem der vorangegangenen Korridore patrouillierte je ein Soldat. Vor dem Gebäude waren es allerdings drei Männer. Das brachte eine Verschiebung im zeitlichen Ablauf mit sich. Sie mussten noch einen Augenblick verharren.

„Dreißig Sekunden“, informierte Bahr die anderen. Ihnen allen stand der Schweiß auf der Stirn und die Anspannung im Gesicht. Das Adrenalin spülte durch ihre Körper. So nah am Ziel durfte kein Fehler passieren. Bahr hoffte, die Wachleute blieben ihren Abläufen treu und bereiteten ihnen keine unangenehmen Überraschungen.

Er nickte und schob die Tür auf, um nach draußen zu spähen.

~ ~ ~ ~

Nick setzte sich augenblicklich kerzengerade auf. Sie hatten das Auto mitten in ein kleines Waldstück manövriert, wo er sich Schweiß gebadet die ganze Zeit über versteckt gehalten hatte. Wäre der Strahl der grellen LED Lampen, die die Patrouillierenden bei sich trugen, auch nur ein einziges Mal versehentlich in den Wald geirrt, hätten sie den schwarzen BMW unweigerlich entdeckt. Bisher war dies zum Glück nicht der Fall gewesen. Mit dem Nachtsichtgerät hatte er den Eingang und die Umgebung stetig unter Beobachtung gehalten. Als Nick sah, dass sich die Tür einen Spaltbreit öffnete, setzte sein Herz einen Schlag aus. Hastig schaute er nach links und rechts. Die Soldaten waren nicht zu sehen. Der Plan schien aufzugehen. Andreas schlüpfte in diesem Moment ins Freie. Als er seinen Onkel erblickte, fiel ihm ein Stein vom Herzen. Auch Patrick kam heraus, fingerte kurz am Rahmen herum und schloss die Tür hinter sich.

Gebückt, doch mit eiligen Schritten, kamen die drei auf den Wald zu.

Nick nahm das Nachtsichtgerät ab und schmiss es ins Handschuhfach. Die Innenbeleuchtung hatte er bereits während der Zeit des Wartens abgeschaltet, sodass er sich jetzt gefahrlos strecken und die Beifahrertür öffnen konnte. Anschließend schnallte er sich an und ließ die Hand am Zündschlüssel verharren, bereit, sofort zu starten, wenn alle an Bord waren.

Bahr sprang auf den Beifahrersitz, Robert riss die hintere Tür auf und schob sich als Erster auf die Rückbank. Patrick folgte seinem Beispiel nur eine Sekunde später.

„Los, fahren Sie“, wies Andreas ihn an.

Nick grinste seinen Onkel im Rückspiegel erleichtert an und startete den Wagen. Die Scheinwerfer ließ er abgeschaltet, während er Andreas‘ BMW langsam über Wurzeln und Steine manövrierte.

Als sie auf der vom BND Gebäude abgewandten Seite auf den Asphalt fuhren, gab er Gas und sie brausen in die Nacht davon.

~ ~ ~ ~

„Sind sie weg?“

„Ja, Chef. Alles ist wie geplant gelaufen. Ich denke nicht, dass sie Verdacht geschöpft haben.“

„Gut. Bahr ist nicht blöd, aber ich denke ebenfalls, sie wissen nicht, dass wir sie haben ziehen lassen. Jetzt ist Robert Hermanns da, wo ich ihn brauche.“

„So ganz verstehe ich das noch nicht, aber …“

„Das brauchen Sie auch nicht, Doc. Hauptsache ist, dass ich es verstehe. Gewalt hat uns keinen Schritt weitergebracht. Jetzt gehe ich das Ganze auf andere Art und Weise an.“

„Wie Sie meinen, Chef.“ Nach einem auffordernden Nicken verließ der Doc das Büro und machte sich auf den Heimweg.

~

Bahr und Jörgens hatten Robert Hermanns an einem Waldstück in der Nähe der Bundesstraße raus gelassen. Auf seinen eigenen Wunsch. Ausschließlich seinem Neffen hatte er mitgeteilt, wo er zu finden sei.

Die Angst, mit zu Nick oder zum Präsidium zu fahren und dort entdeckt zu werden, steckte ihm zu tief in den Knochen. Die anderen stimmten zu, sie waren alle der Meinung, dass genau das die Orte wären, an denen der BND nach ihm Ausschau halten würde. Da Andreas so etwas in der Art bereits vermutet hatte, übergab er Nick und seinem Onkel je ein Prepaid-Handy. Nachdem Robert im Unterholz verschwunden war, setzten sie ihre Fahrt fort und lieferten Nick in seiner Wohnung ab. Andreas übernahm das Steuer und fuhr auch Patrick nach Hause. Dieser hatte die Beifahrertür bereits geöffnet und wollte aussteigen, als ihn ein Gedanke einholte, der ihn nicht loslassen wollte. Er ließ sich zurück in den Sitz fallen und schaute Andreas fragend an.

„Was?"

„Was war eigentlich jetzt das Problem mit dem Code?"

Andreas grinste. „Diese Spezialisten haben doch tatsächlich Os mit in den Code eingebaut. Haben Sie so etwas schon mal erlebt? Welcher Hirni macht denn so was?"

„Das ist allerdings ziemlich ungewöhnlich. Werden sonst nicht ausschließlich Nullen verwendet und keine Os?"

„Genau das. Eben um der Verwirrung vorzubeugen, nutzt man keine Os. Aber die, nun ja, die haben es halt getan und uns damit beinahe das Genick gebrochen."

„Gut, dass Sie draufgekommen sind."

Andreas nickte. „Schöne Restnacht noch, Kollege. Sie Glücklicher können morgen ja sogar ausschlafen."

„Und ich werde es genießen. Bis dann."

„Bis dann."

Andreas startete den Wagen und fuhr nach Hause.

Nick und sein Onkel telefonierten noch stundenlang und erzählten, bis die Sonne wieder über den Horizont lugte. In erster Linie berichtete Nick seinem Onkel von der dritten Stufe der Gabe. Wie es sich mit dieser verhielt und dass er sie bereits angewendet hatte, um Andreas davor zu bewahren, einen Mann zu töten. Auch sein Onkel hatte bereits einmal in eine Vision eingegriffen. Zu Nicks Aussage meinte er allerdings, dass es nicht das Schlimmste gewesen wäre. Viktor Brokvist sei nämlich das größte Arschloch, dass er je getroffen hätte - abgesehen von dem Boss, dessen Gesicht er aber nie gesehen hatte.

~

Kerner saß am Rechner und studierte die Statistiken der letzten Wochen, als er plötzlich etwas Seltsames entdeckte. „Kann das stimmen?“, murmelte er. „Das Dreigestirn hat eine ungewöhnlich kurze Zeit bei der Aufklärung von Fällen.“

Er veränderte den Zeitraum der Abfrage und nickte, als er das Ergebnis sah. „Ein rasanter Anstieg, seit Eifer hier mitmischt und Stockmann aus dem

Rennen ist. Verdammt, warum ist mir das bisher nicht aufgefallen?"

Irgendetwas geht da nicht mit rechten Dingen zu. Sogar bei Kerstings letztem Fall, wo jeder und wirklich jeder im Dunklen tappte, haben sie sich eingemischt und ihn in Windeseile gelöst.

Er stand auf und verließ das Büro, um zur Technik zu gehen. Eine seltsame Ahnung beschlich ihn. Bei jedem der letzten Fälle war etwas anders gewesen, als früher mit Stockmann. Andreas Bahr hatte immer wieder versucht, ihn dazu zu überreden, Nicolas Eifer zu den Leichen in den Obduktionssaal zu lassen. Warum?

Kerner spielte nervös mit seiner Schlüsselkarte, während der Aufzug ins Untergeschoss fuhr. Würde er etwas auf den Aufzeichnungen finden? Eigentlich konnte er sich nicht vorstellen, dass sein Kommissar so dumm und nachlässig wäre. Andererseits, vielleicht hatte er Glück und auch Bahr funktionierte mal nicht wie ein Roboter, sondern wie ein Mensch und ging davon aus, dass sich diese Videos eh keine Sau anschaute. Was ja im Prinzip auch stimmte. Die Kamera war dort nur installiert worden, weil es die Vorschriften verlangten. In ein paar Minuten würde er wissen, ob ihm diese, meist vollkommen aus dem Nichts gegriffenen Vorschriften, sinnvolle Erkenntnisse lieferten.

Nachdem sich dir Türen geöffnet hatten, marschierte er mit festem Schritt und entschlossener Miene den Gang entlang zur Technik.

„Guten Morgen."

Zu der frühen Stunde war nur einer der Techniker anwesend. Dieser verschluckte sich prompt an seinem Kaffee, als der seltene Gast ins Büro stürmte.

„Morgen … Chef", brachte er hustend hervor. „Was … was treibt Sie hier herunter?"

„Der Obduktionssaal wird doch auch videoüberwacht, nicht wahr?", kam Kerner sofort zur Sache.

Der Mann nickte. „Aber natürlich. Wie die meisten Bereiche des Präsidiums. Suchen Sie … ähm … nach etwas Bestimmten?"

Er legte den Kopf schräg und überlegte einen Augenblick. Er hatte strickte Anweisungen gegeben, dass Eifer nicht in den Saal durfte. *Sie haben sich hineingeschlichen, als ich nicht anwesend war.*

„Letzten Dienstag. Die Aufzeichnungen zwischen elf und fünfzehn Uhr benötige ich."

„Kein Problem. Soll ich Sie Ihnen auf Ihren Account legen?"

Keine Spuren, wer weiß, wer hier alles bei einem mitliest, dachte Kerner und schüttelte den Kopf. „Ich schaue sie mir sofort hier an."

„Oh … okay. Einen Augenblick." Er klickte sich am Rechner durch verschiedene Menüs. Als er die gewünschten Abschnitte fand, nickte er. „Hier sind sie. Soll ich sie laufenlassen?"

„Das schaffe ich selbst. Warten Sie bitte draußen."

„Aber ..."

„Kein aber. Machen Sie Pause, gehen Sie eine oder zwei rauchen oder sonst was. Geben Sie mir eine halbe Stunde, dann können Sie ihr Reich wieder übernehmen."

„A...a…alles klar." Mit leicht verwirrtem Gesichtsausdruck schnappte er sich seine Jacke, die über der Lehne des Schreibtischstuhls hing und verließ das Büro.

Kerner zog sich den Stuhl heran und startete die erste Aufzeichnung. Er spulte schnell durch die Datei, in der ausschließlich der leere Raum zu sehen war. Die folgende zeigte in der ersten Hälfte ebenfalls gähnende Leere. Plötzlich hielt er inne und klickte auf die Wiedergabetaste des Players. Er brummte und grinste, als er sah, wie Bahr in den Raum hinein lugte. Der Kommissar drehte sich einmal um die eigene

Achse und nickte. „Die Luft ist rein." Die Tür wurde erneut geöffnet und Nicolas Eifer trat ein. *Wer hätte das gedacht?*

Kerner drehte den Ton etwas lauter und setzte sich weiter vor, um ja nichts zu verpassen.

„Schnell jetzt", meinte Bahr und wedelte ungeduldig mit der Hand.

Eifer eilte durch den Saal, schlug das Tuch am Arm der Leiche beiseite und legte seine Hand auf den bleichen Unterarm.

Kerner starrte überrascht auf den Monitor, als Nicks Augen sich verdrehten und er zusammenbrach. Für Andreas schien es nichts Außergewöhnliches zu sein, denn er stand bereits parat und fing ihn auf, als die Beine nachgaben.

Was zur Hölle ist da los?

Abgesehen davon, dass Bahr, nachdem er Nicolas Eifer auf dem Boden abgelegt hatte und neben ihm auf- und abgegangen war, passierte eine Zeit lang nichts Aufregendes. Dennoch traute Kerner sich nicht, vorzuspulen. Für kein Geld der Welt wollte er verpassen, was dort in seinem Präsidium vor sich gegangen war.

Nach einer Weile kam Bewegung in Nicolas' Körper. Kerner sah, wie Andreas ihm aufhalf und auf einen der Stühle manövrierte. „Und?“

Eifer, noch ziemlich benommen wie es schien, rieb sich die Augen.

„Hatten Sie eine Vision?“

„Ja. Und es war wieder mal grauenvoll.“

„Das tut mir leid. Haben Sie etwas erfahren können?“

„Es war der Onkel.“

„Der Onkel? Der sitzt doch in der Klappsmühle.“

Nicolas schüttelte träge den Kopf. „Er muss raus sein. Ich war in seinem Körper, wie immer halt und habe die Waffe auf meinen Neffen gerichtet. Ich war es satt, mich von ihm erpressen zu lassen. Es war dunkel und in der Fensterscheibe konnte ich mein Gesicht reflektieren sehen. Mein Neffe wimmerte. Er würde kein Geld mehr von mir verlangen, jammerte er, doch weiter kam er nicht, denn ich drückte ab. Mit drei Schüssen entledigte ich mich dieses miesen Erpressers.“

Bahr sah bestürzt aus und half Nicolas dabei aufzustehen. „Es tut mir so leid, dass Sie in den

Visionen immer am eigenen Leib erfahren müssen, was vorgefallen ist. Geht's?"

„Ja, geht schon." Er ließ sich von Andreas stützen. Gemeinsam verließen sie den Saal.

Kerner entließ die angestaute Luft und lehnte sich zurück. „Heilige Scheiße", murmelte er und spulte noch einmal zurück.

Nachdem er sich die Szene ein weiteres Mal angeschaut hatte, löschte er die Datei. Der kleine Techniker musste davon nichts erfahren. Er hatte noch keine Ahnung, was er mit dem neu erlangten Wissen anfangen sollte, noch war er zu perplex, um das ganze Ausmaß des Gesehenen zu erfassen. Für ihn stand jedoch fest, dass er alsbald andere Videos prüfen würde, die zu Zeiten seiner Abwesenheit aufgenommen worden waren. Dazu musste er aber erst seinen Kalender durchschauen.

Er verließ den Raum und marschierte zurück in sein Büro. Erst nachdem er die Tür geschlossen hatte, wich der mürrisch starre Ausdruck aus seinem Gesicht. Mit einem Lächeln lehnte er sich in den Bürostuhl zurück und verschränkte die Arme hinterm Kopf. „So unglaubwürdig das auch erscheint, die Zahlen sprechen für sich. Oder eher für das Dreigestirn." Er lachte knapp auf. „Wollen doch mal sehen, ob wir nicht in *diesem* Jahr den ersten Platz der Präsidien holen.“

~ ~ ~ ~

Nick hatte mit zu einem Einsatz gedurft. Kerner hatte ein Auge zugedrückt, da Patrick sich einen freien Tag genommen hatte. Er könne seinen Kommissar ja schlecht alleine auf Tour schicken, hatte er gesagt. Sowohl Andreas als auch Nick kam diese Ansage ein wenig seltsam vor, aber sie fügten sich den Wünschen ihres Chefs.

Nachdem sie den Tatort verlassen hatten und wieder auf dem Rückweg zum Präsidium waren, klingelte Nicks Prepaid-Handy. Andreas sah kurz zu ihm und grinste. Nick nahm den Anruf entgegen und ließ den Redeschwall seines Onkels über sich ergehen, bis dieser eine Atempause einlegte. Dann nutzte er seine Chance: „Was meinst du damit, ich werde dich heute Abend nicht erreichen können?"

„Na das, was ich gesagt habe. Versuch es gar nicht erst. Ich muss noch ein wenig Recherche bezüglich unserer Gabe betreiben. Mach dir keine Sorgen, okay?"

„Sehr witzig. Keine Sorgen, du bist lustig. Du weißt schon, wo du die letzte Zeit verbracht hast, oder?"

„Natürlich."

„Gut. Wenn sie dich wieder einfangen, dann können wir dich dieses Mal nicht da rausholen."

„Werden sie nicht. Ich muss jetzt los. Bis morgen."

Nick starrte auf das Handy, nachdem sein Onkel das Gespräch beendet hatte.

Andreas nahm den Blick kurz von der Straße und sah zum Beifahrersitz „Geht's ihm gut?"

„Noch ja."

„Wieso noch?"

„Ach, keine Ahnung. Drücken wir ihm einfach die Daumen, dass er nicht schon wieder in Schwierigkeiten gerät."

Andreas schaute ihn zweifelnd an, doch konnte er bereits recht gut in Nicolas Eifers Gesicht lesen, sodass er wusste, es würde keinen Sinn machen, weiter nachzuhaken. „Wie Sie meinen."

Er lenkte den Wagen auf den Parkplatz des Präsidiums und schaute auf die Uhr, nachdem sie ausgestiegen waren. „Ist gleich sechzehn Uhr. Wenn Sie wollen, machen Sie direkt Feierabend."

Nick war hin- und hergerissen. Gerne wollte er noch mehr Zeit an Andreas' Seite verbringen, aber wie sollte er dies unverfänglich rüberbringen? „Und der Fall?"

„Welcher Fall? Das ist kein Fall für uns. Selbst die angebliche Leiche war falscher Alarm. Ich tippe noch ein paar warme Worte in den Bericht und sende ihn weiter. Hat wohl eher nichts mit der Kripo zu tun."

Nick seufzte innerlich, doch setzte er ein Lächeln auf. „Okay, wie Sie meinen. Dann also bis morgen."

Andreas gab das Lächeln zurück und schob die Hände in die Hosentaschen. „Schönen Feierabend."

„Ebenfalls." Er zog die Autoschlüssel hervor und wandte sich um. Andreas verfolgte jeden seiner Schritte ganz genau. ‚Anmutig' war das erste Wort, das ihm bei seiner Beobachtung in den Kopf schoss. ‚Stark' gesellte sich als zweites Wort hinzu. ‚Sexy' mischte sich noch mit unter. Dann folgte ein unverkennbares und unwiderrufliches ‚Erwischt'. Nick hatte sich herumgedreht, als er an seinem Wagen angekommen war. Ihre Blicke verhakten sich für einen Moment ineinander. Verlegen grinste Andreas und schloss den BMW ab. Nick hob die Hand zum Abschied, dann stieg er in seinen Sportwagen und düste vom Parkplatz.

Mit einem Seufzen sah Andreas dem blauen Flitzer nach, bis er aus seinem Sichtfeld verschwunden war. *Das ist alles total verrückt.* Er rieb sich mit den Händen übers Gesicht und betrat das Präsidium.

~ ~ ~ ~

Am folgenden Morgen auf der Wache war Nick nicht dazu gekommen, sich ausgiebig bei Patrick zu bedanken oder auch nur seinen ersten Kaffee zu Ende zu trinken. Patrick hatte bereits an seinem Rechner gesessen und fleißig auf der Tastatur getippt, als Nick ins Büro gekommen war. Sein PC fuhr gerade hoch, als die Bürotür aufflog und Bahr sie zum Aufbruch drängte: „Ein neuer Fall, Sie kommen mit." Er zog sich zurück, während Nick fragte: „Ich etwa auch?"

Bahrs Kopf erschien wieder im Rahmen. „Kerner besteht sogar darauf. Kommen Sie mit, alle beide."

Patrick und Nick wechselten einen verwirrten Blick, zogen sich aber hastig ihre Jacken an und folgten Andreas aus dem Gebäude.

~

„Kerner hat darauf bestanden?", hakte Nick, der es noch immer nicht recht glauben konnte, nach.

„Fragen Sie mich nicht. Keine Ahnung, woher dieser Sinneswandel plötzlich kommt. Er lenkte den

BMW vom Parkplatz und fädelte sich in den Verkehr ein.

Nick zuckte mit den Schultern. „Okay, frage ich eben nicht.“ Er grinste Andreas im Rückspiegel an. Die feinen Fältchen um dessen Augen zogen sich zusammen, als er das Lächeln erwiderte. Patrick drehte sich ein Stück im Beifahrersitz herum und schaute mit kritischem Blick von einem zum anderen.

„Wie dem auch sei“, unterbrach er die Turteltäubchen. „Was haben wir?“

Andreas räusperte sich. „Einen Mord in einer Bar.“

„Und was hat das mit uns zu tun? Also, ich meine, ist es unser …“

„Ja, es ist Ihrer beider Milieu.“

Auch Nick mischte sich von der Rückbank aus ein: „Ein Mord in einer Schwulenbar?“

„So wie es aussieht, ja.“ Andreas setzte den Blinker und bog in die Straße ein, in der das besagte Lokal lag. Blaulicht schlug ihnen sogleich aus einiger Entfernung entgegen. Polizei und Notarztwagen waren bereits vor Ort.

Bahr stoppte den Wagen, sie stiegen aus und passierten die Absperrung. Die Beamten kannten das interessante Dreigestirn bereits, sodass sie nicht einmal ihre Dienstmarken zeigen mussten, um zum Eingang zu gelangen.

Nick stieß Patrick in die Seite und deutete mit dem Kopf auf den Schriftzug über der Tür. Patrick schmunzelte. „Eindeutig, dieser Fall ist wie für uns gemacht."

Andreas brummte und schaute missbilligend zu den beiden zurück. Er folgte ihrem Blick, rollte knapp mit den Augen und trat durch den Eingang. *‚Andreas-Bar', wirklich mehr als passend*, dachte Nick und folgte hinein.

„Guten Morgen, Doc. Was haben wir?" Andreas Bahr zog sich die Einweghandschuhe über und trat an den Leichnam heran. Auf dem Boden hockte der Doc und schaute zu ihm auf. „Moin, ich bin auch gerade erst eingetroffen, sieht auf den ersten Blick nach einem Messerstich in den Nacken aus."

Nick verzog angewidert das Gesicht, sagte aber nichts, sondern verfolgte das weitere Gespräch.

Bahr wandte sich an einen der Beamten: „Name des Opfers?"

„Jörg Kleinken, fünfundvierzig Jahre."

Andreas nickte. „Haben wir Zeugen?"

„Verschiedene, ja. Der Besitzer“, er zeigte zur Bar, wo ein untersetzter Mann auf einem Hocker saß und vor sich hin stierte. Statt eines Shirts trug er über seinem behaarten Oberkörper ausschließlich einen Harnisch aus Leder, der mit silbernen Nieten übersät war.

„Dort drüben sitzt der Partner des Opfers.“ Er blätterte eine Seite auf seinem Notizblock zurück. „Frederik Landau. Er steht unter Schock, der Sani kümmert sich um ihn. Er ist kaum ansprechbar, murmelt aber die ganze Zeit etwas davon, dass es ein Unfall gewesen sei.“

Bahr zog die Brauen zusammen. „Ein Messerstich in den Nacken sieht für mich weniger nach einem Unfall aus, aber okay. Sonst noch etwas?“

„Zwei weitere Gäste waren zu der frühen Stunde noch in der Bar. Sie sitzen dort hinten.“ Er zeigte zu einem Tisch aus massivem dunklen Holz, der an drei Seiten von einer gepolsterten Bank gesäumt wurde.

„Danke.“ Er richtete das Wort wieder an den Doc. „Wenn das ein Unfall gewesen sein soll …“

„Wie gesagt, das war der erste Befund.“ Er hob den Oberkörper des Toten und drehte ihn soweit, dass Bahr einen Blick auf die Wunde werfen konnte.

„Kerner hat bestimmt, dass Nicolas Eifer Sie bei der Untersuchung unterstützt.“ Er wandte sich um und ergriff Nicks Schulter, um ihn nach vorne zu dirigieren. In derselben Bewegung drückte er ihm Gummihandschuhe in die Finger.

„Guten Morgen.“

„Moin“, grüßte der Doc zurück und sah Bahr skeptisch an. „Lohnt es sich zu fragen, warum?“

Andreas schüttelte den Kopf. „Ich rede mit dem Besitzer, sie vernehmen den Freund des Opfers“, sagte er zu Jörgens.

„Geht klar.“

Während die beiden sich entfernten, ließ der Doc seinen Blick über Nicolas Eifer wandern. Dieser versuchte, sich ein Lächeln abzuringen. Ihm gefiel die Situation ebenso wenig wie dem Doc. Abgesehen davon, war ihm der Mann schon immer unheimlich gewesen.

„Was immer das für einen Sinn haben soll“, murmelte der Doc und stockte in der Bewegung. *Das hat doch keinen Sinn. Wieso soll Kerner, der zuvor alles daran gesetzt hat, den Frischling von sämtlichen Tatorten fernzuhalten, plötzlich seine Meinung ändern? Es sei denn …* Ein Funkeln stahl sich in seine Augen, als ihm die einzig logische Erklärung dafür einfiel … *Ich sollte dringend Meldung machen und Kerner intensiver unter Beobachtung halten.* „Ich hoffe, Sie haben kein Problem damit, eine Leiche zu begutachten oder Blut zu sehen“, wandte er sich an Nick.

Dieser stutzte. *Warum ist er plötzlich so umgänglich, wirkt geradezu besorgt?* „Weder noch“, gab Nick knapp zurück.

„Wunderbar, dann wollen wir die Untersuchung gemeinsam fortführen.“

Nick traute dem Braten zwar nicht, ließ sich aber neben ihm in die Hocke.

„Halten Sie mal hier fest“, wies der Doc an, griff Nicks Hand und führte sie an die Schläfe des Toten. Nick sog scharf die Luft ein, als er die Haut berührte. Er schloss die Augen, war darauf gefasst, dass ihm eine Vision in den Kopf schießen und er unter den Blicken der Anwesenden zusammenbrechen würde. Als nichts geschah, hob er vorsichtig die Lider. Er schaute auf seine Hände und seufzte erleichtert. Entweder war dieser Mann nicht umgebracht worden oder die Einweghandschuhe, die er trug, behinderten seine Gabe. Er wollte herausfinden, woran es lag, doch konnte er dies schlecht direkt vor den Augen des Docs machen. Die anderen, die noch im Raum standen, waren ihm ziemlich egal. Die meisten würden wahrscheinlich so etwas denken wie ‚Die

Schwuchtel bekommt einen Ohnmachtsanfall, wenn sie Blut sieht'. Mit erhobenem Haupt und lächelnd stand er weit über diesen abgedroschenen Floskeln.

Während er den Kopf des Toten mit leichtem Druck gedreht hielt, sodass der Doc mit der Untersuchung fortfahren konnte, stierte er Andreas' Hinterkopf an. Dieser stand hinter der Theke, wo er sich mit dem Besitzer der Bar unterhielt. Er nickte hin und wieder und machte sich Notizen.

Dreh dich um, befahl ihm Nick in Gedanken. *Ich brauche hier ein Ablenkungsmanöver.*

Der Doc war noch immer mit der Wunde beschäftigt. Er murmelte stetig und machte sich Notizen. Nick schaute weiterhin zu Bahr. Er musste seinen bohrenden Blick doch irgendwann spüren. Als er gerade aufgeben wollte, wandte sich Andreas suchend um. Nick grinste erleichtert, als sich ihre Blicke trafen. Er deutete mit dem Kopf zwischen dem Doc und dem Ausgang hin und her. Bahr zog erst die Augenbrauen hoch, doch dann schien er zu verstehen. Er wandte sich noch einmal an den Barbesitzer, dann kam er zu Nick herüber.

„Und? Wie sieht es bei Ihnen aus?"

„Gut soweit. Mittlerweile bin ich zu der Erkenntnis gekommen, dass es sich nicht um ein Messer handelte. Die Eintrittsstelle zeigt mehr Druck als Schnitt. Die Wunde ist an allen Stellen gleich tief. Bei einem Messer wäre der Schnitt unterschiedlich weit vorgedrungen. Es muss sich um eine stumpfe Waffe handeln, etwas wie ein Messer mit abgebrochener Spitze.

„Sie haben doch bestimmt Spezialgeräte, mit denen Sie das noch genauer unter die Lupe nehmen können, oder?"

„Sie haben recht. Die habe ich allerdings noch im Wagen."

„Na dann." Bahr machte eine auffordernde Geste in Richtung Ausgang.

Der Doc zog die Stirn kraus, nickte aber im Anschluss und machte sich auf den Weg.

„Wir halten hier die Stellung", rief Andreas ihm hinterher und grinste breit.

Der Doc war noch nicht ganz zur Tür hinaus, als sich Nick den Handschuh herunterriss und seine Finger um den Arm der Leiche legte.

~ ~ ~ ~

„Komm schon, Mann. Mach keinen Scheiß."

„Warum mischst *du* dich jetzt ein? *Du* bist doch schuld an dem ganzen Stress!"

Ein großer blonder Mann weicht, mit vor dem Körper erhobenen Händen, einen Schritt zurück. „Hey, Mann ich wollte doch nur einen schönen Abend mit euch verbringen."

„Mit uns? Mit meinem Freund, wohl eher. Mit *meinem*, hörst du!?"

„Freddy, bitte beruhig dich."

Mein Partner hat denselben ängstlichen Schimmer in den Augen. Ich hasse ihn in diesem Moment. Seit fünfzehn Jahren läuft alles super und dann kommt so ein blonder Schönling daher und drängt sich zwischen uns.

„Freddy, du hast … ähm … ich meine, wir alle haben einen über den Durst getrunken. Lass uns gehen …"

„Halt dich da raus!", keife ich Jörg an. „Du lässt dich von dem Kerl in aller Öffentlichkeit befingern!"

„Wir haben … mein Gott, Freddy, es war ein Kuss. Was machst du für ein Bohei? Das ist doch noch nie ein Thema gewesen.“

„Dann ist es das eben jetzt!“ In meinem Inneren tobt es wie verrückt. Ich funkle den Blonden, den ich nie zuvor in unserer Stammkneipe gesehen habe, wütend an. „Sieh zu, dass du Land gewinnst!“

„Freddy …“

Jörg macht einen Schritt auf mich zu. Ich stoße ihm mit Wucht vor die Brust. Mein Partner wird zurückgeworfen. Im selben Moment hoffe ich, er schlägt nicht zu hart mit dem Rückgrat gegen die Theke. Noch während er zurückschnellt, scheint er den Platz ein kleines Stück zu wechseln. *Liegt es am Alkohol?*, frage ich mich, als sein Kopf bereits gegen die Wand knallt. Ungläubiges Entsetzen stiert mich aus Augen an, die ihren wundervollen Glanz verlieren. Seine Lider sinken herab, verschließen die Sicht auf die Pupillen, aus denen das Leben in Sekundenschnelle weicht.

„Was … hast … du …?“ Der Rest des Satzes wird von einem blubbernden Geräusch überlagert. Blut schießt in Stößen aus dem geöffneten Mund. Der Saft des Lebens rinnt über seine Lippen und ergießt sich auf unser beider Schuhe und die Holzplanken der Bar.

Ich beginne zu schreien: „Nein!“

~ ~ ~ ~

„Nein! Nein! Nein!“

„Hey!“

Andreas‘ Ohrfeige brachte Nick zurück in die Realität. Schwer atmend rollte er sich auf den Rücken.

„Was? Was ist passiert?“ Der Doc erschien im Blickfeld.

Nick winkte ab und brachte heiser hervor: „Es … es geht gleich … wieder.“

Andreas hatte sich in die Hocke heruntergelassen und legte ihm die Hand auf die Schulter.

„Was ist mit ihm?“, erkundigte sich der Doc.

„Ich bin mir nicht sicher, er ist plötzlich zusammengeklappt“, log Andreas und fächerte Nick mit der Hand Luft zu. „Ich glaube, es geht gleich wieder.“

Nick setzte sich ächzend auf. „Geht schon“, murmelte er.

„Soll ich mal schauen?“

„Nein“, entfuhr es Nick und Andreas zeitgleich.

Skeptisch zog der Doc die Stirn kraus.

„Wir setzen Sie dort hin und besorgen Ihnen ein Glas Wasser. Können Sie aufstehen?“, fuhr Bahr ungerührt fort.

Er nickte und ließ sich von Andreas auf die Füße ziehen.

„Doc, ich schätze, sie müssen für einen Moment alleine weitermachen.“

„Kein … Problem.“ Er fuhr sich mit der Hand über die Glatze. „Geht es Ihnen auch wirklich gut?“, fragte er Nick ein weiteres Mal.

„Alles okay, danke.“

Er schaute den beiden grinsend hinterher. Keiner der Anwesenden ahnte, dass er sein Unverständnis und seine Sorge nur spielte. Er wusste genau, was mit Nicolas Eifer passiert war. Er hatte eine seiner Visionen gehabt. Freudig rieb er die Hände aneinander. Noch sehr träge, aber der Stein war angestoßen und ins Rollen gekommen.

Nick war von Andreas auf eine der mit Stoff bezogenen Holzbänke manövriert worden.

„Geht's wieder?“ Bahrs Hand lag auf Nicks Oberschenkel und drückte aufmunternd zu.

„Ja, es geht wieder.“

Andreas rückte näher und flüsterte: „Was haben Sie gesehen?“

„Es war tatsächlich ein Unfall. Er muss … Moment.“ Nick schob ihn beiseite, um zu sehen, ob die Luft rein war. Er sah, wie der Doc mit einem Beamten sprach, der sich am anderen Ende des Raumes aufhielt. Nicks Lebensgeister waren augenblicklich wieder voll da. Jegliche Schwäche schien abgefallen, als er aufsprang und zur gegenüberliegenden Wand eilte. Bahr folgte hastig, um ihn zu stützen, falls seine Beine ein weiteres Mal nachgeben sollten.

Neben der Theke befand sich eine Holzplatte, die man hochklappen und als Durchgang nutzen konnte. Rechts zog sich der holzvertäfelte Tresen in den Raum hinein, an die andere Seite der Klappe grenzte eine von Zigarettenqualm vergilbte Wand. „Da ist es.“

Andreas trat neben ihn und begutachtete das Metallstück, das aus der Wand herausragte. Wozu es gut war, konnte er nicht sagen, aber es war voller Blut. „Kein Messer, wie der Doc gesagt hat.“

Nick schüttelte den Kopf. „Frederik hat seinen Partner geschubst und dieser ist mit dem Kopf in den Metallstab gefallen.“

„Wissen Sie, aus welchem Grund, er ihn geschubst hat?"

„Ja, sie waren betrunken und haben gestritten." Nick drehte sich um, schob Andreas zur Seite und ließ den Blick durch die Bar wandern. „Wo ist er?"

„Wer?"

„Der große Blonde. Seinetwegen haben sich die beiden gestritten."

Auch Bahr sah sich um, doch konnte er außer Patrick Jörgens keinen Blonden sehen. „Fragen wir Frederik Landau."

Bahr wandte sich zum Gehen. Nick stand stocksteif im Raum. Er war sich nicht sicher, ob es sich um einen Unfall im eigentlichen Sinne handelte. Irgendetwas wirkte an dem Hergang falsch. Er hatte das Ganze wie immer aus der Sicht des Mörders gesehen. Es könnte sein, dass Frederik Landaus Alkoholpegel zu dem örtlichen Sprung in seiner Vision geführt hatte, aber so ganz konnte er das nicht glauben. Wenn es nämlich nicht das Bier gewesen ist, dann … hatte jemand in den Vorgang eingegriffen. Es war dasselbe Ziehen zu spüren gewesen, das er vor einiger Zeit gefühlt hatte, als er Andreas davor bewahrte, diesen BND Kerl zu erschießen. Nick trat erneut an die Stelle, an der Frederik gestanden hatte und zog mit der Hand eine virtuelle Linie in Richtung der Wand. Es passte nicht. Er könnte es sich noch zwanzigmal anschauen. Das alles passte nicht zusammen. Alkohol hin oder her. Er hatte seinen Freund gegen die Brust gestoßen, wodurch dieser in jedem Fall vor die Thekenklappe geknallt sein müsste. Er hätte während des Rückwärtstaumelns einen kleinen und vor allem unnatürlichen Bogen beschreiben müssen, um mit dem Nacken in der Metallschiene zu landen.

Nick war sich sicher. Jemand hatte in die Vision eingegriffen und er kannte neben sich selbst nur einen, der diese Gabe besaß.

Andreas' Räuspern holte ihn aus seiner Überlegung zurück. Er sah ihn zweifelnd an. „Alles in Ordnung?"

„Bitte? Ja, alles klar", log er. Die Gedanken wirbelten in seinem Kopf wild durcheinander. Er musste dringend mit Onkel Berti reden. Er hoffte, dieser wäre wohlbehalten von seinem Ausflug zurück und wieder erreichbar.

„Wir sind hier fertig. Den Rest machen die Kollegen. Kommen Sie?"

„Ich … ja, sofort." Nick warf einen weiteren Blick auf den Ort des Geschehens. *Nein*, dachte er sich, *er hätte gegen die Theke fallen müssen.*

Nachdem die Befragungen und vorläufigen Untersuchungen am Tatort durchgeführt waren, hatte Nick sich entschuldigt und war vom Präsidium aus sofort nach Hause gefahren.

"~ ~ ~ ~"

„Gut, dass du da bist“, sagte Nick freudig, als sein Onkel das Gespräch entgegennahm. Nick hängte seine Jacke auf und setzte sich ins Wohnzimmer, während er bereits zu erzählen begann, was er in der Bar erlebt hatte.

„Du meinst, jemand hat eingegriffen?“, erkundigte sich Berti.

„Ja, das meine ich. Warst du es?“

„Wer? Ich?“

„Abgesehen von mir selbst, bist du der Einzige, der diese Gabe besitzt.“

„Der Einzige, von dem du weißt“, gab er zu bedenken.

„Das … ähm … du meinst also, du warst es nicht?“

„Nein, verdammt! Warum sollte ich so etwas tun? Welchen Sinn sollte es haben? Ich kenne die beiden Kerle nicht mal. Abgesehen davon war ich anderweitig beschäftigt. Dort draußen wird wohl noch jemand herumlaufen, der diese Gabe besitzt.“

Nick lehnte sich im Sessel zurück und rubbelte sich mit der freien Hand übers Gesicht. Er stöhnte kurz auf, dann rutschte er zurück auf die Kante der Sitzfläche. „Und wer soll das sein?“

„Woher soll ich das wissen?“

„Keine Ahnung. Was ist mit diesen Dokumenten, die du gefunden hattest? Vielleicht steht dort etwas drin?“

„Auch wenn ich das kleine Buch schon tausendmal durchgeblättert habe, ein weiterer Blick hinein kann ja nicht schaden. Dein Glück, dass ich es wieder bei mir habe.“

„Das war der Grund, warum du die Nacht verschwunden warst?“

„Genau. Ich musste mein damaliges Versteck … nun ja … säubern.“

„Verstehe. Kannst du es abfotografieren oder so?“

„Es ist ein ganzes Buch, aber ja, ich schicke dir mal einen Teil rüber, von dem ich denke, er könnte hilfreich sein … wenn man ihn versteht. Ich tue es nicht, vielleicht blickst du da durch. Melde mich gleich wieder.“

„Okay.“

Sie hatten das Telefonat unterbrochen. Während Onkel Berti eine bestimmte Seite des Buches abfotografierte, ging Nick in die Küche und öffnete sich ein Bier. Als er zurückkam, klingelte das Handy bereits wieder.

„Angekommen?“

„Moment, ich schau mal ...“ Er legte das Gespräch auf den Lautsprecher und besah sich die Datei, die sein Onkel ihm hatte zukommen lassen. „Es ist angekommen, aber was soll das sein?“

„Eine der Seiten im Buch. Eine entscheidende, aber für mich auch verwirrende. Vielleicht siehst du mehr, da du die Texte nicht schon x-Mal gelesen hast.“

„Ich lese es mir durch. Warte.“

~ ~ ~ ~ ~ ~ ~ ~ ~ ~ ~ ~ ~ ~ ~ ~ ~

„Castner und Hermanns schafft es herbei.
Nur einmal es wirkt, dann ist es vorbei.
Zwei der Zwei bringen hervor die Zwei.
Du kannst nun sehen, was nicht einerlei,
doch um einzugreifen, brauchst du die Drei.
Wenn dreimal Drei, egal wo du bist,
wirst alles sehen, weil die Vier in dir ist.
Willst du noch mehr, einen Vierten dir holen,
all Müh und Macht dir wieder gestohlen.“

~ ~ ~ ~ ~ ~ ~ ~ ~ ~ ~ ~ ~ ~ ~ ~ ~

Nick ließ das Handy auf den Oberschenkel sinken. „Hast du das verstanden?"

„Na ja … teilweise … also …"

„So geht es mir auch. Der Anfang scheint klar. Erst müssen sich die Blutlinien der Hermanns und der Castners kreuzen, damit die Gabe überhaupt aktiviert wird. Dann entwickelt sich das Ganze zur zweiten Stufe. Anschließend zur dritten, mit der wir in den Ablauf der Visionen eingreifen können. Aber dann?"

„Der Teil mit ‚Wenn dreimal Drei' könnte meine Vermutung bestätigen, dass dort draußen noch ein weiterer mit der Gabe herumläuft."

„Wäre im Augenblick die einzig logische Erklärung. Aber wie finden wir heraus, wer er oder sie ist? Und was bedeutet der Rest?" Nick nahm einen Schluck von seinem Bier und starrte vor sich hin. „Er oder sie muss … aus einer der beiden Blutlinien stammen."

„Eigentlich aus der unseren. Soweit ich weiß, dient die Castner Linie ausschließlich der Aktivierung. Sie selbst bekommen die Gabe nicht. Zu dem Ende fällt mir allerdings im Moment auch nichts Vernünftiges ein."

„Warte.“ Nick sprang auf und eilte aus dem Raum. Als er zurückkam, hielt er einen riesigen Zeichenblock und einen Stift in der Hand.

„Was ist denn? Hallo?“

„Wir zeichnen einen Familienstammbaum. Ich denke, herauszufinden, wer der Dritte ist, ist im Augenblick vorrangig.“

„Sehe ich auch so. An sich eine gute Idee, aber wir brauchen auch die Aufzeichnungen der Castner Seite.“

„Das kläre ich morgen mit Andreas. Lass uns loslegen.“

Er schlug den Block auf und legte ihn auf den Tisch. Das Handy platzierte er direkt daneben. Anschließend kramten sie sämtliche Namen der Verwandtschaft aus ihren Köpfen und fügten sie in den Stammbaum ein. Weiter zurück als zu den Eltern von Nicks Uroma kamen sie allerdings nicht. Dennoch befanden beide, dass das Jahr 1896 weit genug zurücklag. Immer wieder fiel noch einem von beiden eine zusätzliche Verzweigung ein. Die Namen wussten sie meist leider nicht mehr, aber zumindest die Regionen, in die es die Verwandten verschlagen hatte. Eine Großtante von Nicks Mutter war sogar in den hohen Norden Europas migriert.

Sie hatten noch eine ganze Zeit lang über den Sinn der letzten Zeilen nachgedacht, doch waren sie zu keinem schlüssigen Ergebnis gekommen und hatten das Gespräch schließlich beendet.

Obwohl Nicks Augen währenddessen immer wieder zugefallen waren, lag er später im Bett, ohne dass sich der Schlaf einstellen wollte. Die verworrenen Textzeilen drehten beharrlich ihre Runden in seinem Kopf. Der Sinn schien zum Greifen nah, doch wirkte es wie ein Puzzle, in dem das entscheidende Teilchen fehlte. Sollte es vielleicht nicht nur *einen* weiteren Menschen dort draußen geben, der diese Gabe besaß?

~ ~ ~ ~

„Herein“, rief Andreas, als es früh am Morgen an seiner Bürotür klopfte.

Er blickte von seinem Bildschirm auf, als der Besuch eintrat. „Stockmann? Mensch, das ist ja eine schöne Überraschung am Morgen.“

Er hatte seinen Schreibtisch umrundet und war seinem Kollegen entgegengegangen.

„Hey, altes Haus. Wie geht's? Was macht die Kunst?“

„Ach, dies und das. Und bei dir? Wie geht es der Schulter?“

„Es wird besser, danke der Nachfrage.“

„Freut mich zu hören. Komm, setz dich. Kaffee?“

„Liebend gern.“

Andreas nahm die volle Kanne aus der Maschine und goss zwei Tassen ein. Eine reichte er Stockmann, mit der anderen in der Hand lehnte er sich gegen seinen Schreibtisch.

„Danke.“

„Nicht dafür. Was treibt dich in die Höhle des Löwen? Man sollte meinen, du freust dich, den Laden so lange wie möglich nicht sehen zu müssen.“

Stockmann lachte knapp auf. „Das schon, aber mir fällt zu Haus langsam die Decke auf den Kopf."

„Verstehe. Wann darfst du zurück in den Dienst?"

„Weiß nicht genau. Kann nicht mehr lange dauern, meinte der Arzt. Allerdings werde ich auch dann erst mal keine Außeneinsätze fahren können. Aber egal, Hauptsache, ich komme mal wieder unter Leute."

„Klar. Ich würde auch durchdrehen." Andreas setzte sich auf die Kante des Schreibtisches und stellte die Tasse neben sich ab.

„Und? Wie läuft es mit den … na du weißt schon."

„Ähm … nein, weiß ich nicht."

„Na mit den zwei Schwuchteln im Team. Ich hoffe für dich, dass die nicht in rosafarbenen Uniformen herumlaufen." Er lachte laut auf.

Bahr verzog das Gesicht und schaute ihn durchdringend an.

„Was denn? Tun sie doch nicht, oder etwa doch?"

„Tun sie nicht. Und nenn' sie nicht Schwuchteln. Die beiden sind pfiffig und wir geben ein gutes Ermittlerteam ab. Haben unsere Fälle so schnell gelöst, wie sonst keiner von den Luschen hier."

„Alle Achtung! Cool!"

Andreas zog die Augenbrauen zusammen, sagte aber nichts. Seine Gedanken verwirrten ihn jeden Tag, den er mit Nick verbrachte, mehr. Er spürte immer wieder eine ungewohnte Wärme in seinen Körper strömen, allein wenn er an ihn dachte. *Was ist bloß los mit mir? Nick löst seltsame Gefühle in mir aus, die Steffi in all den Jahren nicht zum Vorschein bringen konnte. Wie es wohl wäre …?* Immer häufiger dachte er an den Saunabesuch zurück und stellte sich vor, wie sich Nicks makelloser Körper an seinem rieb. Versuchte sich auszumalen, was passieren würde, wenn er seinen Schwanz ...

„Versteh mich nicht falsch“, riss Stockmann ihn zurück ins Hier und Jetzt. „Ich bin ja froh, dass der Kleine da war und … nun … mir auf gewisse Weise das Leben gerettet hat, aber musste es unbedingt eine Schwuc…“ Er räusperte sich. „Musste es unbedingt ein Homosexueller sein?“

„Was spricht dagegen? Was spielt das für eine Rolle? Was ist dein Problem mit Schwulen?“ Er dachte an Nicks volle Lippen und den Kuss, von dem er geträumt hatte. Es war ihm so real vorgekommen. Abwesend strich er mit dem Finger über seine Unterlippe.

Stockmann schien nicht aufzufallen, dass Andreas mit seinen Gedanken ganz woanders war und plapperte einfach weiter: „Ich? Ich habe kein Problem mit denen … zum Glück.“

Andreas seufzte und fuhr sich mit der Hand durch die Haare. „Dann ist's ja gut. Nick müsste auch gleich eintreffen, dann kannst du dich eigentlich noch mal persönlich für seinen Einsatz bedanken. Was meinst du?"

Bei der Erwähnung von Nicks Namen machte sein Herz einen kleinen Sprung. Außerdem würde er es genießen, dabei zuzusehen, wie Stockmann die Farbe aus dem Gesicht weichen würde. Er grinste freudig, als es erneut klopfte.

„Herein."

„Hey, Andreas …", polterte Nicolas Eifer sofort los, bevor er den Besucher bemerkte. „Oh, Entschuldigung, ich wusste nicht, dass Sie Besuch haben."

„Kein Problem. Kommen Sie herein. Sie beide kennen sich ja bereits."

„Ja, natürlich. Guten Morgen, Kriminalkommissar Stockmann. Wie geht es der Schulter?"

Stockmann war aufgestanden und auf den jungen Mann, der ihn um eine Kopflänge überragte, zugetreten. „Stockmann, reicht völlig. Danke der Nachfrage. Es wird besser. Nicolas Eifer, wenn ich mich recht entsinne."

„Ganz richtig."

„Dem Kollegen fällt zu Hause die Decke auf den Kopf und da wollte er mal vorbeikommen. Außerdem möchte er sich noch persönlich bei Ihnen bedanken“, fiel Bahr ihm in den Rücken.

Stockmann funkelte ihn kurz an. Andreas hob die Hände in einer sich ergebenden Geste.

„G...g…genau. Also … ähm … Herr Eifer, ich ...“

„Nick, bitte.“

„Also gut. Dann eben Nick. Ich danke Ihnen dafür, dass Sie mich bei dem unliebsamen Zwischenfall vor dem Verbluten gerettet haben.“

„Ach, das war doch kein Ding. Ich freue mich, Sie bereits wieder wohlauf zu sehen.“

„Geht doch“, murmelte Andreas und grinste zufrieden.

„Bitte?“, horchte Nick nach.

„Ähm … gar nichts. Sie wollten mit mir sprechen?“

„Ja, genau.“ Er durchquerte den Raum, um zu Andreas zu gelangen. Dass er ihn darum bitten wollte, einen Stammbaum seiner Familie anzufertigen, musste er vor Stockmann nun nicht gerade hinausposaunen. Als er neben Andreas angekommen war, fiel sein Blick auf dessen Monitor. „Oh, Wahnsinn! Sie haben ihn gefunden?“

Andreas drehte sich verwirrt um. „Gefunden? Wen gefunden?“

„Na den großen Blonden aus der Bar.“ Er deutete auf das Bild, das auf dem Bildschirm zu sehen war.

„Was?“, entfuhr es Bahr überrascht. Er sprang vom Schreibtisch und eilte zum Computer. „Das? Das ist der Kerl, den Sie in der Vis… also, der aus der Bar?“

„Kein Zweifel, das ist er. Wie haben Sie ihn ausfindig gemacht?“

„Ich … ähm … Kalle, wir sind hier gerade an einem Fall dran und da du nicht im Dienst bist, darfst du nicht … na du weißt schon.“

„Na logo, die Vorschriften. Wie könnte ich die vergessen? Wollte eh noch den Kopf bei Kerner ins Büro stecken.“

„Super. Vielleicht kommst du einfach später nochmal rein?“

„Klar. Kein Problem. Machen Sie es gut“, meinte er zu Nick und verließ das Büro.

Andreas war so aufgekratzt, dass er erst einmal tief durchatmen musste. So hatte Nick ihn noch nie erlebt. Was war denn bloß los?

„Haben Sie eine Ahnung, wer das ist?“

„Na, der Blonde aus der Bar, der den Streit zwischen dem Pärchen vom Zaun gebrochen hat, woraufhin der eine den anderen ..."

„Ja, ja. Schon gut. Ich kenne den Hergang. Das da", er zeigte auf den Bildschirm, „ist Viktor Brokvist."

Nick sog scharf die Luft ein „Bitte? Nicht ihr Ernst!"

„Mein voller."

„Aber wieso …?"

„Wenn ich das wüsste. Was treibt einen BND Mitarbeiter dazu, in eine Schwulenkneipe zu gehen und dort einen Streit vom Zaun zu brechen, der in einem tödlichen Unfall endet?"

Nick zuckte mit den Schultern. „Keinen Schimmer."

„Egal. Wir haben ihn an den Eiern. Frederik Landau wird ihn identifizieren können und dann steht er auf der anderen Seite des Tisches und muss haufenweise Fragen über sich ergehen lassen."

„Das ist gut, oder?"

„Besser als das. Das ist der Wahnsinn." Unvermittelt zog er Nick in seine Arme und presste ihm die Lippen auf den Mund. Nick riss überrascht die Augen auf. Die Arme baumelten teilnahmslos neben seinem Körper. Er wusste gar nicht, wie ihm geschah. Was sollte er tun? Er stand wie eingefroren da. Das musste er schleunigst ändern. Allerdings wollte sein

Körper nicht gehorchen. Wie gerne hätte er den Kuss intensiviert. Wie gerne hätte er Andreas enger an sich herangezogen, wäre am liebsten in ihn hineingekrochen. Er fühlte sich so unendlich wohl und geborgen in dieser Umarmung und doch brachte er es nicht fertig, sich zu rühren.

Andreas schob ihn eine Armlänge von sich, bevor Nick seine Gedanken zu Ende sortiert hatte. „Es … es … tut mir leid. Die Euphorie hat mich übermannt. Wir haben ihn, Nick! Ist das nicht wunderbar?"

„Ähm … ja?", stammelte er perplex.

„Super. Ich muss sofort zu Kerner. Halten Sie beide sich bereit, okay?"

Er raste durch den Raum und war aus Nicks Sichtfeld verschwunden.

Hat er mich gerade geküsst? Oder habe ich jetzt schon Halluzinationen? Plötzlich kam Leben in seinen Körper. Jede Stelle begann vor Aufregung und Erregung zu kribbeln. Er verließ ebenfalls das Büro und stürmt in sein eigenes hinein.

„Heilige Scheiße!", schrie Patrick, der sich vor Schreck beinahe den Kaffee über den Leib geschüttet hätte. „Hast du sie noch alle?", blaffte er los.

Nick schmiss die Tür hinter sich zu. „Ich muss … arg … ich muss dir dringend etwas erzählen."

„Kannst du ja. Ist aber kein Grund wie so ein Berserkerdings, das auf einem Meteoriten reitet, hier einzuschlagen.“

„Schon gut. Tut mir leid. Hör zu. Hör zu.“

„Ich höre.“ Er stellte seine Tasse ab, lehnte sich zurück und verschränkte die Hände hinterm Kopf.

„Okay, hörst du zu?“

„Boah. Ja doch. Nun schieß' endlich los. Du machst mich ganz kirre mit deinem Gezappel.“

„Er … *er* hat *mich* geküsst! *Er … mich*!“ Nick klatsche vor Aufregung in die Hände und begann damit auf der Stelle zu hüpfen.

„Aha. Wenn du mir jetzt *seinen* Namen auch noch verrätst, kann ich zumindest entscheiden, ob ich mit dir wie ein Känguru auf Red-Bull durch die Bude springen will oder nicht.“

„Na ER! Bahr!“

„Was?“ Patrick war aufgestanden. „Bahr? Andreas, *er* hat *dich* geküsst?“

„Ja, ja, ja. Gerade eben, in seinem Büro. Ist das nicht der Hammer?“

„Hast du ihm direkt die Zunge in den Hals geschoben?“

Nick hörte augenblicklich auf zu hopsen und starrte betreten zu Boden. „Ich konnte mich nicht rühren. Ich war … wie gelähmt.“

„Oh Mann.“ Patrick schlug sich mit der flachen Hand vor die Stirn. „Bist du bescheuert? Das war vielleicht eine einmalige Gelegenheit! Du hättest ihn direkt auf seinem Schreibtisch flachlegen sollen.“

„Toll. Danke, Patrick. Du verstehst es wirklich, einen wieder auf den Boden der Tatsachen zurückzuholen.“

„Immer gerne.“

Sie lachten, dann hockten sie sich nebeneinander und steckten die Köpfe zusammen. „Also?“, fragte Patrick, „Wie war's?“

„Geil. Himmlisch. Wie im Paradies.“

„Na, jetzt mal nicht übertreiben. Bahr ist ein heißer Feger, keine Frage, aber Gott ist er nun auch wieder nicht.“

„Du bist Atheist“, erinnerte Nick ihn.

„Nicht kleinlich werden.“

Nick seufzte und schaute ihn verträumt an.

„Hilfe, du bist ja verknallter denn je. Also, wie ist dein Plan?“

„Mein Plan? Was denn für einen Plan?“

„Wie, was für einen Plan? Du musst jetzt dran bleiben. Das war der erste Schritt in die richtige Richtung. Jetzt lass nicht locker, beiß' dich fest wie ein kleiner Terrier.“

„Aber er ist doch verlobt.“

Patrick zog die Augenbrauen hoch. „Na und? Hast du seine Verlobte mal kennengelernt?“

„Nö.“

„Sei froh. So ein blondes Püppchen mit angeklebten dichten Wimpern. Man könnte meinen, sie hat sich zwei Hamster auf die Augen gesetzt.“

Nick schmunzelte.

„Und dann dieses Getue. Heititei und hattata. Schaut alle her, wie hübsch und zierlich ich bin.“ Er steckte sich den Finger in den Hals und gab ein würgendes Geräusch von sich. „Ich habe noch nie kapiert, wie Bahr auf so etwas abfahren kann. Der ist überhaupt nicht der Typ dafür, sich so einlullen zu lassen. Aber das ist ein anderes Thema. Also noch einmal: Was ist dein Plan?“ Er atmete hastig Luft in seine Lungen.

Nick grinste ihn breit an. *Wenn Patrick sich mal in Rage redet, geht man besser in Deckung,* dachte er. Er zuckte mit den Schultern. Er wusste, er wollte Andreas für sich haben, aber hatte er wirklich eine Chance?

„Denk doch mal nach“, forderte Patrick ihn auf und tippte ihm mit dem Finger gegen die Stirn. „Du hast dein hübsches Köpfchen doch nicht nur zum Schwänze blasen – was du nebenbei bemerkt dramatisch gut beherrschst. Aber auch das ist ein anderes Thema. Im Ernst. Bleib an der Sache dran, die Chancen stehen nicht schlecht, würde ich sagen.“

„Meinst du wirklich? Es war ein Kuss, der aus einer euphorischen Laune geboren wurde.“

„Wieso Euphorie?“

„Weil wir den Blonden, der den Streit der beiden in der Bar vom Zaun gebrochen hat, als den BND Agenten Viktor Brokvist identifiziert haben!“

„Was echt?“ Patrick zog sich die Tastatur heran. Nick beugte sich zum Bildschirm und schaute, was er dort tat. Nicht lange und er hatte ein Bild von Viktor auf dem Bildschirm. „Wow. Heiß. Genau mein Kaliber“, witzelte Patrick.

Nick schaute ihn zweifelnd an. „Ich gehe davon aus, dass du nicht die Waffe in seiner Hand meinst.“

„Welche Waff… ach die. Nein, ich meinte natürlich … schau dir das an. Die hohen Wangenknochen, der Dreitagebart, diese wohlgeformten Lippen, die Augen, der ...“

„Ja, ich hab's kapiert. Dennoch ist er nicht unser Freund, wie es scheint. Und dass der schwul ist, mag ich doch arg bezweifeln."

Patrick seufzte und riss sich nur mit Mühe von dem Bild los, um sich wieder auf das Gespräch mit Nick zu konzentrieren.

„Vielleicht ist Andreas ja bi", setzte Nick ihre Unterhaltung fort.

„Bi? Quatsch nicht rum. Kennst du die neusten Studien denn nicht?"

Nick zuckte mit den Schultern.

„Also, Frauen sind entweder bi oder lesbisch. Keine Frau ist hetero. Alles klar?"

„Und … und Männer?"

„Männer sind niemals bi. Sie sind hetero oder schwul. Die Phasen wechseln von Zeit zu Zeit, sodass es wirkt, als wären sie bi, doch das stimmt nun mal nicht."

„Ähm, das sind die neusten Studien?"

„Ganz genau. Aber egal." Er linste noch einmal auf den Monitor, bis Nick ihn mit einem Räuspern daran erinnerte, dass sie gerade bei seinen Problemen waren und nicht bei heißen Blonden mit scharfen Waffen.

„Wie dem auch sei. Ich sage dir, was du machst." Er schaltete den Monitor ab, um klarzustellen, dass er sich nicht mehr ablenken lassen wollte.

„Na, jetzt bin ich aber mal gespannt", meinte Nick breit grinsend, obwohl er die ganzen neuen Informationen noch gar nicht recht verarbeitet bekommen hatte.

„Kannst du auch. Pass auf. Bei jeder sich bietenden Gelegenheit suchst du Kontakt zu ihm. Zwei Hände, die sich *rein zufällig* an der Tastatur berühren oder beim Entgegennehmen einer Kaffeetasse oder so. Egal was gerade stattfindet, berührst du ihn, verstanden?"

„Ähm, ja."

„Gut. Dass deine Hand seinen Hintern streift, kann auch *zufällig* passieren. Alles klar?"

„Jawohl."

„Wunderbar. Dann kommt der zweite und entscheidende Teil."

„Aha."

„Geht aus. Geht etwas trinken."

„Wie soll ich das denn anste..."

„Dir wird schon was einfallen, da bin ich recht zuversichtlich. Also, haut euch Alkohol in den Kopf und anschließend gehst du zum Angriff über."

„Zum Angriff?"

„Meine Güte. Wir sind heute aber nicht der Schnellste, wie? Küss ihn! Das meine ich mit Angriff."

„Ich kann ihn doch nicht einfach knutschen."

„Warum denn nicht? Zwei Möglichkeiten entstehen daraus. Entweder ihr landet in der Kiste oder er ist stocksauer auf dich und haut dir eventuell eine rein. Im zweiten Fall kannst du es ohne Probleme auf den Alkohol schieben. Klappt immer, vertrau mir. Niemand kann dir böse sein, wenn ihr *beide* gepichelt habt."

Nick starrte ihn verwirrt an. „Das ist der Plan?"

„Nein, mein lieber Sex-Partner, das ist *dein* Plan." Patrick lehnt sich zurück und verschränkte zufrieden die Arme vor der Brust.

Sie zuckten beide zusammen, als das Klingeln von Nicks Handy die Stille im Büro zerriss. Patrick wandte sich wieder seiner Arbeit zu, während Nick den Anruf annahm. „Hallo?"

Eine digital verzerrte Stimme fragte: „Hat dir mein kleines Geschenk gefallen?"

Nick stutzte. „Wer … wer spricht da?"

„Ich fand die Andreas-Bar sehr originell von mir gewählt, um dich auf mich aufmerksam zu machen, was meinst du?"

„Die … Bar? Also doch! Ich wusste es. Wer zum Geier sind Sie?"

„Nicht so eilig mein ungeduldiger Freund."

„Ich bin nicht ihr Freund."

„Und doch wirst du es bald sein – sein müssen."

„Wieso sollte ich?"

„Weil auch du die Zeilen kennst."

„Ich …"

„Bist du bereit, den nächsten Schritt zu gehen?"

„Sie reden von der vierten Stufe?"

„Wovon sonst? Überzeuge deinen Onkel. Wir drei müssen zusammenfinden, um sie zu entfesseln."

„Was *ist* die vierte Stufe?"

„Das werden wir gemeinsam herausfinden. Kein Wort zu irgendjemanden, der nicht Robert Hermanns heißt, verstanden? Sonst sende ich noch weitere Geschenke. Ich melde mich wieder."

„Warten Sie, wie soll ich …?"

Der Anrufer hatte aufgelegt. Nick starrte sein Telefon entgeistert an.

„Schlechte Nachrichten?“, erkundigte sich Patrick, der das Gespräch mit einem Ohr mitverfolgt hatte.

„Ich … keine Ahnung. Ich muss zu meinem Onkel.“

„Von mir aus. Hier ist gerade eh Flaute, aber sag Andreas Bescheid.“

„Klar, mache ich.“ Nick, innerlich komplett aufgewühlt, als das Gefühl der Überraschung nachließ, schnappte sich seine Jacke und verließ ohne ein weiteres Wort das Büro.

~

„Wie sieht’s aus?“

„Ich denke, er hat angebissen.“

„Hoffen wir es. Ansonsten müssen Sie ihm eine weitere ‚Nachricht‘ zukommen lassen. Wir wollen die vierte Stufe bald erreicht wissen, um sie endlich nutzen zu können.“

„Das ist mir bewusst. Glauben Sie vielleicht, ich möchte auf diesen Teil der Gabe verzichten?“

„Wissen Nicolas Eifer und sein Onkel, was sich dahinter verbirgt?“

„Es klang nicht so. Die werden Augen machen.“ Der Mann lachte und legte den Stimmenverzerrer zurück in die Schublade seines Schreibtisches. „Gehen Sie wieder an die Arbeit. Behalten Sie die beiden im Auge.“

„Geht klar, Chef.“ Der Beamte wandte sich um und verließ den Raum.

~ ~ ~ ~

„Herein“, rief Andreas und blickte von seinem Bericht auf. „Nick. Alles in Ordnung? Sie sind weiß wie eine Wand.“ Er sprang vom Stuhl auf und eilte zur Tür.

„Ich … ich … ähm … ich.“

Andreas stützte ihn, als er drohte in die Knie zu gehen. „Komm, setz dich.“ Er dirigierte ihn auf den Besucherstuhl und nahm selbst auf dem Schreibtisch Platz. „Was ist passiert?“

„Meinen Sie, Sie können mich heute für den Rest des Tages entbehren?“

„Ist das Plakat fertig?“

„Fast. Der letzte Schliff fehlt noch, aber das sollte ich morgen Früh schnell gemacht haben.“

„Hmmm. Sie sehen wirklich nicht gut aus. Gehen Sie nach Hause. Fühlen Sie sich in der Lage, selbst zu fahren, oder soll ich jemanden …?“

„Nein, nicht nötig. Das wird schon gehen. Danke. Eines bräuchte ich allerdings noch.“

„Was immer es ist, raus damit. Ich kümmere mich darum.“

„Ich … also … ähm … wir benötigen einen Stammbaum Ihrer Blutlinie."

„Bitte?"

Nick senkte betroffen den Kopf. Dachte er vor ein paar Minuten noch, dass es nicht schwer sein würde, Andreas den Grund dafür zu erklären, brachte ihn der Anruf und die Erwähnung weiterer ‚Geschenke' jetzt auf einen schmalen Grat.

„Wir haben da dieses Buch, das ein wenig über die Gabe verrät. Aus den Texten kristallisiert sich heraus, dass Onkel Berti und ich nicht die einzigen zu sein scheinen, die sie besitzen. Wir würden gerne weitere Menschen finden, doch dazu müssten wir die Stammbäume unserer und Ihrer Familie abgleichen."

Bahr stand auf und ging zum Fenster. In gewohnter Manier tippte er sich dabei mit dem Finger gegen die Lippen. Nicks Blick tastete über den strammen Hintern in der Jeans, während sich Patricks Worte in sein Bewusstsein schoben. *Dass deine Hand seinen Hintern streift, kann auch zufällig passieren.* Irritiert schüttelte er den Kopf, um den Gedanken zu verdrängen. *Ich habe weiß Gott andere Sorgen,* rief er sich zur Raison. Ertappt blickte er auf, als sich Andreas unvermittelt zu ihm herumdrehte.

„Okay. Ich mache mit, aber erwarte nicht zu viel, okay?"

„Gut. Super, ich danke Ihnen.“ Nick erhob sich und verließ ohne ein weiteres Wort das Büro.

~

Auf der Rückfahrt kreisten die Gedanken in seinem Hirn, doch konnte er nicht einen davon richtig fassen. *Ist es Viktor Brokvist, der angerufen hat? Eigentlich müsste er es sein. Wer sollte es sonst sein? Kann ich ihn nicht beim BND ausfindig machen und zur Rede stellen? Hat mich Andreas eigentlich die ganze Zeit über geduzt? Was ist die vierte Stufe? Wirst alles sehen! Was ist damit gemeint? Alles … wie … Alles?*

Ein Hupen riss ihn aus seinen Grübeleien. Er entschuldigte sich mit einer Geste bei seinem Hintermann und fuhr weiter, da die Ampel bereits mehr als grün war.

"~ ~ ~ ~"

„Onkel Berti?“, rief Nick in den Hörer, als der Anruf entgegengenommen wurde.

„Hey … ähm … ist gerade ungünstig. Ich melde mich in ein paar Minuten.“

„Aber ...“

Sein Onkel hatte aufgelegt. Nick ließ sich aufs Sofa fallen. Er meinte innerlich zerspringen zu müssen, so sehr drängte es ihn, sein neu gewonnenes Wissen mit seinem Onkel zu teilen.

~

Sein Gegenüber grinste Robert Hermanns dankbar an. „Also. Noch einmal von vorn. Und dieses Mal ohne Unterbrechung, wenn ich bitten darf.“

Robert nickte zögerlich und starrte den Fremden an. ‚Na so ein Zufall’, hatte der Mann gerufen und sich bei ihm eingehakt, als er gerade dabei war, auf dem Markt ein paar Sachen einzukaufen. Der etwa einsachtzig große, Grauhaarige mit der wuchtigen Statur, hatte ihn mit sanfter Gewalt in eine nahegelegene Kneipe bugsiert. Da es noch mitten am Tag war, saßen sie als einzige Gäste in einem düster beleuchteten Separee mit Holzvertäfelung. „Ich darf mich vorstellen? Mein Name ist Olaf Kerner, Erster Kriminalhauptkommissar."

Robert Hermanns schluckte. Er hatte keinen Schimmer von den Amtsbezeichnungen der deutschen Polizei, aber er schätzte, dass er dem höchsten Tier dieses Präsidiums, in dem Nick-klass tätig war, gegenüber saß. Aber auch wenn dieser Kerner seinen Rang nicht genannt hätte, seine feste Stimme und die Autorität, die er allein durch seine Erscheinung ausstrahlte, hätte Robert auf der Holzbank in den abgewetzten Stoffbezug hineinschrumpfen lassen. Er begann daran zu zweifeln, dass es sich bei dem Zusammentreffen um einen Zufall handelte.

„R…robert Hermanns, ich bin der …"

„Ich weiß, wer Sie sind."

„Ach."

„Ja, ach. Sie sind nicht nur Nicolas Eifers Onkel, Sie sind vor allem der Grund, warum mein Kriminalkommissar eine bisher unerreichte Dummheit begangen hat. Können Sie sich eigentlich vorstellen, was in meinem Laden losgewesen wäre, wenn die Kollegen Bahr und Jörgens bei dem

Einbruch ins BND Gebäude gefasst worden wären? Heilige Scheiße! Der BND! Die müssen den Verstand verloren haben!“

Kerners Stimme hatte mit jedem Wort an Bass und Lautstärke zugenommen, sodass Robert noch weiter zusammenschrumpfte. Er starrte den Mann mit dem sortierten Seitenscheitel aus großen Augen an. Er hatte doch nur ein wenig Obst und Gemüse kaufen wollen. Jetzt saß er in einer stinkenden, dunklen Kneipe vor dem Obermotz und musste dessen Frust über sich ergehen lassen. Am liebsten wäre er aufgesprungen und wie der Blitz aus der Nische und dem Lokal gerast. Dies schien ihm jedoch nicht sehr klug und vor allem nicht sehr höflich. Er straffte die Schultern. Sollte der Mann seinen Unmut ruhig über ihn ergießen. Er selbst hatte sich nichts zuschulden kommen lassen. *Er* war hier das Opfer. Er setzte sich gerade hin. Als er ansetzen wollte, kam ihm Kerner allerdings mit ruhiger Stimme zuvor: „Und wissen Sie, wer Schuld an dem trägt? Wer die ganze Sache angeleiert und angestachelt hat? Nein? Ihr Neffe!“

„Das ist doch ein feiner Zug von ihm und Ihren Kommissaren gewesen, oder finden Sie nicht?“ Er hatte beinahe Angst davor, dass Kerner nach diesem Statement komplett ausflippen würde, aber es war ihm einfach so über die Lippen gekommen. Und während er auf die Reaktion wartete, befand er, dass er mit der Aussage vollkommen richtig lag.

Es arbeitete noch einen Augenblick in Kerners mittlerweile knallrotem Gesicht, dann zuckten die Mundwinkel leicht und Robert seufzte innerlich vor Erleichterung.

„Sie haben Mumm, das muss ich Ihnen lassen. Gut so. Ich kann Sie aber beruhigen. Ich will Ihnen nichts tun. Auch Ihrem Neffen nicht. Der ist sowieso gerade mit Kriminalkommissar Andreas Bahr an einem Tatort."

„An einem Tatort?", entfuhr es Robert erschrocken.

„Korrekt. Patrick Jörgens hat sich den Tag freigenommen, sodass ich ihren Neffen mit Bahr losschicken musste."

„Zu einem Tatort?"

„Was denken Sie denn? Vielleicht zum Autowaschen oder Kekse backen? Natürlich zu einem Tatort!"

„Natürlich." Er nickte und freute sich insgeheim für Nick-klass. Schön, dass er so gut Anschluss gefunden hatte. „Das … ähm … das ist doch wunderbar."

„Das ist sogar mehr als das. Das ist perfekt."

„Wieso meinen Sie?"

„Herr Hermanns, verkaufen Sie mich nicht für dumm. Dieses Team hat die letzten Fälle in einer unwirklichen Geschwindigkeit gelöst. Drei Fälle in derselben Zeit, wo andere Kollegen nicht einen aufgelöst haben. Glauben Sie vielleicht, das wäre mir entgangen? Ist es nicht."

„D...d...das ist ja … toll", stotterte Robert, der zusehends unruhiger wurde, als er bemerkte, in welche Richtung sich das Gespräch zu entwickeln begann.

„Das ist es. Ihr Neffe … wie soll ich es ausdrücken? Er hat etwas an sich, das mein Interesse weckte."

Robert zog verwirrt die Augenbrauen hoch.

„Nicht in dieser Hinsicht." Kerner lachte belustigt auf. „Ich rede von den Visionen", flüsterte er hinter vorgehaltener Hand.

Robert riss die Augen auf. Er wusste, Andreas Bahr und Patrick Jörgens kannten Nick-klass' Gabe, aber dass auch der Chef Bescheid wusste, das war ihm neu. Wie sollte er sich verhalten? Könnte er sich aus der zunehmend unangenehmer werdenden Situation herauswinden?

Er war noch zu keinem Entschluss gekommen, da schob sich Kerners Gesicht näher zu ihm heran. „Erklären Sie mir das“, forderte er in ruhigem, aber bestimmenden Tonfall.

„Ich … ähm …“ Ihm brach der Schweiß aus. „Ich muss jetzt dringend los. War nett, Sie …“

„Oh nein. Das lassen wir ganz gewiss nicht so im Raum stehen.“ In Windeseile hatte Olaf Kerner seinen Arm ergriffen und fixierte ihn auf der Tischplatte.

„Erklären Sie mir das“, forderte Kerner und blickte ihm fest in die Augen. „Bitte“, schob er sanft nach.

„Mist verdammter. Aber … aua … lassen Sie meinen Arm los. Sie brechen mir ja noch was. Ich … ich werde es Ihnen erklären.“

Und genau das tat Robert Hermanns in der folgenden halben Stunde.

~ ~ ~ ~

Erleichtert nahm Nick das Telefonat an. „Ich muss dir dringend etwas erzählen."

„Ich dir auch", meinte Berti und lief durch die schmalen Gassen zurück zu dem Motel, in dem er sich verschanzt hatte. „Du zuerst. Was gibt es?"

„Wieso bist du so außer Atem?"

„Ach nix. Also?"

Nick zog die Stirn kraus, begann dann aber zu berichten: „Ich hatte einen Anruf. Ein Mann … also … ich denke, es war ein Mann, die Stimme war verzerrt. Ich gehe davon aus, dass es dieser BND Beamte, Viktor Brokvist war", setzte er an und erzählte Berti die komplette Geschichte. Er betonte erneut den Riss in seiner Vision, berichtete davon, dass der Anrufer ihn, Nick, damit auf sich aufmerksam machen wollte. Außerdem informierte er seinen Onkel darüber, dass er Andreas das Versprechen abgenommen hatte, einen Stammbaum seiner Blutlinie anzufertigen. Und natürlich darüber, dass der Anrufer mit weiteren Morden gedroht hatte, sollten diese Informationen nach außen dringen.

„Und was will er nun?"

Nick zuckte mit den Schultern. „Er will sich scheinbar mit uns treffen. Er sagte, er würde sich wieder melden."

„Das heißt also abwarten?"

„Sieht so aus."

„Macht es Sinn, Andreas den Stammbaum anfertigen zu lassen? Ich denke doch, dass wir unseren Mann bereits identifiziert haben, oder nicht?"

„Im Prinzip schon. Was ist aber, wenn es noch weitere Parallelen gibt?"

„Auch wieder wahr. Dann gib mir Bescheid, wenn du Neuigkeiten hast, okay?"

Nick hörte eine Tür ins Schloss fallen. Sein Onkel schien wieder im Motel zu sein, in Sicherheit. „Mache ich. Was wolltest du mir noch sagen?"

Berti seufzte tief. Nick vermutete, dass er sich gerade aufs Bett geschmissen hatte. „Ich … nun … ich hatte auch ein Gespräch."

„Mit wem", fragte Nick direkt alarmiert.

„Mit deinem Chef."

„Mit Andreas?"

„Nein, seinem Chef."

„Mit Kerner?", platzte es aus ihm heraus.

„Genau."

„Wieso? Wo? Was wollte …?"

„Er weiß es, Nick."

Sein Neffe sog hörbar die Luft ein. „Du hast ihm von der Gabe erzählt? Bist du behämmert?"

„Nein … also ja."

„Was denn nun?"

„Ja, ich habe ihm davon erzählt, aber er wusste es bereits."

„Was? Das kann nicht sein. Woher sollte Kerner davon wissen?"

„Das hat er mir nicht gesagt. Ich war selbst wie betäubt, als er davon anfing und … tja … ich kam nicht drumherum, ihn komplett aufzuklären."

„Heilige Scheiße. Das muss ich direkt Andreas erzählen."

„Nick?"

„Ja?"

„Es tut mir leid. Es war ein blöder Zufall. Er hat mich auf dem Markt erkannt und mich in so eine Spelunke geschleppt, um mich dort auszuquetschen."

Nick schwieg. Seine Gedanken begannen zu rasen.

„Nick-klass?“

„Was? Ja, okay. Schon gut. Im Prinzip …. na, was soll’s? Weiß er es halt. Kerner ist okay, der wird uns da keinen Strick draus drehen.“

„Meinst du, er wird den BND informieren?“

„Quatsch. Das glaube ich nicht. Der kann die so gut leiden wie Zahnschmerzen. Ich denke, das Geheimnis ist bei ihm sicher aufgehoben.“

„Glück im Unglück also?“

„Ich schätze schon.“

„Das beruhigt mich.“

„Mich auch.“

Nicks Smartphone klingelte. Jeder Muskel spannte sich an. Er schaute aufs Display und seufzte erleichtert, als er Andreas‘ Bild sah. Es handelte sich demnach nicht um Viktor, wie er kurz befürchtet hatte. „Bleib kurz dran, okay? Andreas ruft gerade an.“

„Klar.“

Nick legte das Prepaid-Handy auf den Tisch und nahm den anderen Anruf entgegen: „Hallo Andreas.“

„Hey. Ich … ich bin fertig mit dem Stammbaum. Wollen wir uns treffen?“

„Treffen?" Nick zog überrascht die Augenbrauen hoch.

„Ja, treffen. Ist das ein Problem?"

„Nein, nein. Kein Problem."

„Gut. Kommst du zu mir?"

Da ist es wieder, schoss es ihm in den Kopf. *Er duzt mich tatsächlich. Ob ich es auch …?*

„Hallo?"

„Ähm, ja. Ich komme zu … dir."

„Cool. Bis gleich dann." Er legte auf.

Nick starrte verblüfft auf sein Smartphone und tauschte es gegen das andere Handy.

„Alles in Ordnung?", fragte Berti sofort.

„Ja. Er ist fertig und möchte, dass ich zu ihm nach Hause komme."

„Na dann, nix wie los. Aber nicht verplappern. Ich möchte keine toten Menschen auf dem Gewissen haben."

„Schon klar. Ich ebenso wenig." Nick stand auf, schnappte sich die Jacke vom Haken im Flur und öffnete die Wohnungstür.

„Nick-klass!"

„Ja?“

„Hast du unseren Stammbaum dabei?“ Er konnte sich vorstellen, wie aufgeregt sein Neffe nach Andreas’ Anruf war. Ein Treffen bei dem Kommissar zu Hause? Nick-klass drehte bestimmt gerade durch. Er grinste.

„Jetzt ja. Danke. Ich melde mich dann wieder.“

„Alles klar, viel Glück und viel Spaß.“ Er lachte auf. Nick schüttelte den Kopf und beendete den Anruf.

"~ ~ ~ ~"

„Steffi, Nicolas Eifer, Nicolas, meine Verlobte, Stefanie Bender“, stellte Andreas die beiden vor, nachdem Nick die Wohnung betreten hatte.

Steffi ergriff lächelnd Nicks Hand zur Begrüßung. „Hallo!“

Andreas knöpfte den obersten Knopf des Hemdes auf und zog die Schuhe aus. Auch er schien gerade erst zur Tür hereingekommen zu sein. Während er seine Jacke auszog, fragte er Nick: „Möchtest du etwas trinken?“

„Ein Glas Wasser wäre gut.“

„Steffi, kümmerst du dich bitte kurz darum? Ich springe noch schnell unter die Dusche.“ Er wandte sich um und knöpfte im Gehen das Hemd komplett auf.

„Aber … ich …“

„Ich beeil mich“, versprach Andreas noch, bevor die Badezimmertür hinter ihm ins Schloss fiel.

„Nun … ähm … machen Sie es sich im Wohnzimmer gemütlich, ich bin gleich bei Ihnen.“

Kurz nachdem Nick auf dem schwarzen Ledersofa Platz genommen hatte, betrat Andreas‘ Verlobte den Raum. „Bitte.“ Sie stellte zwei Getränke auf den Glastisch und setzte sich zu ihm aufs Sofa. „So … dann. Herr Eifer, was …“

„Sagen Sie doch bitte Nick.“

„N…Nick?“, würgte sie förmlich hervor. „Nick? Andreas‘ Kollege?“

Er grinste erfreut. „Genau der. Es freut mich, Sie endlich kennenzu…“

Der freundliche Singsang ihrer Stimme war in ein düsteres Krähen umgeschlagen, als sie weitersprach: „Okay, hör zu Schätzchen. Ich weiß nicht, was du vorhast, aber lass die Finger von meinem Mann, verstanden?!“

„Ich versteh ni…“

„Du bist doch die Schwuchtel aus seinem Büro, oder etwa nicht?“ Ihre Stimme schaukelte sich bereits in hysterische Höhen. Nick wusste, er sollte die Klappe halten, Steffi schien nicht zu wissen, dass ihre Warnung, die Finger von ihrem Mann zu lassen, zu spät kam – es sei denn, küssen zählte für sie nicht dazu. Er war meist ein ruhiger und verständnisvoller Mensch, aber wenn man ihn als Schwuchtel bezeichnete, brannten die Sicherungen durch. Er hielt dem starren Blick ihrer aufgerissenen Augen stand, rutschte ein Stück näher und schlug eine andere Gangart an: „Jetzt hör du mal zu, Schätzchen. Du scheinst der Meinung zu sein, dass ich sabbernd und auf allen vieren hinter *deinem* Andreas durchs Büro krabbele, aber ich verrate dir etwas: Er war es, der den Startschuss gegeben hat." Er zwinkerte als sie die Augen noch weiter aufriss. *Hamster*, schoss es Nick in den Sinn und er grinste.

Plötzlich begann sie, hysterisch zu lachen. „Wollen Sie mich vielleicht verarschen? Ich werde dafür sorgen, dass Sie aus dem Laden rausfliegen!"

„Ich? Rausfliegen? Hören Sie, sie scheinen nicht die Beste auf dem Gebiet der Intrigen zu sein. So etwas erzählt man dem Betroffenen doch nicht! Und abgesehen davon, sollten Sie sich für die Zukunft eines hinter die Ohren schreiben: Niemals steigen Sie in ein solches Spiel gegen einen Schwulen ein! Niemals! Kapiert? Sie sind ja irre! Intrigieren gegen einen Schwulen! Wer ist denn so bescheuert?" Nick lachte belustigt auf. „Das können Sie doch nur verlieren!"

Sie glotzte ihn verblüfft an, bevor sie erneut laut und gehässig auflachte.

„Ihr habt Spaß, wie ich höre?" Andreas war im Türrahmen erschienen. Seine Haare standen wild in alle Richtungen ab und dass er ausschließlich ein weißes Handtuch um die Hüften trug, katapultierte Nick augenblicklich in gänzlich andere Sphären. Sein Atem beschleunigte sich, als er den Blick über den wohlgeformten, muskulösen Oberkörper wandern ließ. Wie schon damals in der Sauna, setzte sein Herz auch dieses Mal vor Erregung ein bis zwei Schläge aus.

„Willst du ihn jetzt hier in unserem Wohnzimmer anmachen, oder was? Direkt vor meinen Augen?“, keifte Steffi und sprang auf.

„Eigentlich wollte ich nur schauen, ob alles in Ordnung ist, bevor ich mich anziehe.“

„Spar dir doch einfach das Anziehen“, blaffte sie und drängte sich an ihm vorbei.

Andreas taumelte einen kleinen Schritt rückwärts in den Korridor. „Was hast du denn für ein Problem?“, motzte er zurück.

„Bleib ruhig so. Dann braucht er nicht so lange, um dir die Klamotten vom Leib zu reißen!“ Sie schnappte sich ihre Handtasche und eine Jacke von der Garderobe und riss die Wohnungstür auf. „Ich wünsche viel Spaß.“ Mit einem Donnern, das die Wände erschütterte, hatte sie die Tür hinter sich ins Schloss geschmettert.

Andreas eilte hinter ihr her, rief noch zwei-, dreimal ihren Namen ins Treppenhaus und schmiss die Tür anschließend nicht minder kräftig ins Schloss. „Blöde Kuh“, brummte er.

Nick saß stocksteif auf dem Sofa und beobachtete. Was hatte er da nur angerichtet? Reumütig murmelte er: „Es … es tut mir leid.“

„Quatsch. Sie ist ‘ne Frau. Die drehen schon mal durch. Und unter uns: Diese da besonders. Mach dir keine Gedanken. Ich schlüpfe schnell in etwas Bequemes. Bin sofort wieder bei dir. Und den hier … nehme ich jetzt mal ab.“ Bevor er das Zimmer verließ, zog er den Verlobungsring vom Finger und warf ihn auf einen der Sessel.

„Ähm … okay.“ Nick nahm den Ring an sich und schob ihn in die Hosentasche. Auch wenn es ihn innerlich beinahe zerriss, beschloss er, Andreas das Erbstück in einem passenden Moment wiederzugeben.

Andreas kam kurz darauf zurück. Er trug ein weißes T-Shirt und eine graue Jogginghose. Nichts darunter, wie Nick mit einer Mischung aus Entsetzen und Wohlwollen feststellte, während Andreas auf ihn zukam. Nur mit Mühe konnte Nick den Blick von Bahrs Schritt abwenden.

„Noch ein Wasser?“

„Hast du auch etwas Alkoholisches?“

„Klar.“ Andreas grinste und wandte sich um.

Nick legte den Kopf schräg und starrte dem knackigen Hintern nach. *Sich auf das Wesentliche zu konzentrieren dürfte schwierig werden*, dachte er resignierend.

„So, dann wollen wir mal schauen, ob wir etwas finden.“ Andreas stellte zwei Gläser Weißwein auf den Tisch und legte den gezeichneten Stammbaum daneben.

Nick entfaltete seinen Bogen und packte ihn dazu. Wie er bereits vermutet hatte, zeigte sich eine Parallele der Familien im Norden Europas, in Schweden, um genau zu sein. Sowohl die Großtante seiner Mutter, als auch eine entfernte Verwandte Andreas‘ hatte es dorthin verschlagen. Dass dies einen Berührungspunkt der Blutlinien ergeben haben könnte, darin waren sich beide einig.

Andreas holte noch seinen Laptop dazu, um mehr Details herauszufinden. Die Weinflasche brachte er auf dem Rückweg gleich mit. *Niemand kann dir böse sein, wenn ihr beide gepichelt habt*, surrte es durch Nicks Schädel. Er seufzte. Sollte er es wagen? Er beobachtete Andreas, wie er auf der Tastatur herumtippte. Die Muskeln seiner Arme vollführten mit den deutlich erkennbaren Sehnen und Adern einen erotischen Tanz. Andreas‘ Augen glänzten verführerisch, beleuchtet vom Display des Laptops. Am liebsten hätte Nick ihm die Antwort an den Kopf geschmissen, um endlich mit dem Thema abschließen zu können. Es ist Brokvist, wollte er hinausschreien, doch hielt ihn Viktors Drohung zurück. Dennoch drängte alles in ihm danach, die Recherche zu beschleunigen. Er wollte nur eins, Andreas den Computer vom Schoß reißen und ihn auf dem Sofa niederringen. Hastig schlug er die Beine übereinander, um seine anwachsende Erektion zu verstecken.

„Willst du nicht mit schauen?“

Nick starrte ihn an. Andreas klopfte mit der Hand neben sich aufs Sofa, ohne jedoch den Blick vom Bildschirm zu lösen. Er hätte aufstehen, den Tisch umrunden und sich neben Andreas niederlassen müssen. Unweigerlich wäre seine Erektion direkt vor dessen Nase vorbeigekommen. „Nein … ähm … du bist eh besser in so was, schätze ich.“

„Komm schon. Stell dich nicht so an.“ Er hielt den Blick weiterhin auf den Monitor gerichtet.

Soll ich es wagen? Ich muss schnell sein und hoffen, dass er nicht im falschen Moment hochschaut.

Nick stand auf und umrundete in leicht gebückter Haltung den Tisch. *Nicht hoch gucken. Bleib so. Nicht …*

„Na, aber hallo!“, rief Bahr als Nick direkt vor ihm angekommen war.

Nick schoss das Blut in die Wangen. *Shit*, fluchte er innerlich.

„Schau dir das mal an“, fuhr Andreas fort und deutete auf den Bildschirm.

Nick nahm den letzten Meter im Sprung und landete neben ihm auf dem Sofa.

„Hey, nicht so stürmisch.“ Krampfhaft hielt er den Laptop fest und grinste. Anschließend griff er nach seinem Weinglas und prostete Nick zu. „Ich glaube, ich habe etwas gefunden. Wo ist dein Wein?“

Nick schaute zu seinem Glas. Es stand noch auf der anderen Seite des Tisches. „Ist leer.“

„Dann müssen wir nachfüllen. Ich glaube, wir haben etwas zu feiern.“ Andreas drückte ihm den Laptop in die Hand und erhob sich. Während er über den Tisch gebeugt nachschenkte, haftete sich Nicks Blick an den größer werdenden Spalt zwischen Andreas‘ Shirt und der Jogginghose. Er bekam bestätigt, was er bereits vermutet hatte: Andreas trug keine Unterwäsche. Die Haut war leicht gebräunt und mit feinen blonden Härchen gespickt. Nick fragte sich, wie weich es sich anfühlen würde, über diese Stelle zu streichen. Erschrocken zuckte er zusammen, als Bahr sich wieder aufs Sofa fallen ließ. „Bitteschön."

Er nahm das Glas entgegen und nickte zum Dank.

„Es ist … Achtung … Trommelwirbel … Viktor Brokvist."

„Was, ehrlich?", fragte Nick wenig euphorisch nach.

„Ganz ehrlich. Aber das wusstest du ja bereits, nicht wahr?"

Nick riss die Augen auf und starrte ihn an. „Wie … was? Wie kommst du denn darauf."

„Hey, verkauf mich nicht für dumm, okay?" Er klappte den Laptop zu und legte ihn auf den Tisch. Bevor er weitersprach, leerte er sein Weinglas mit einem großen Zug. „*Du* solltest derjenige sein, der mehr Interesse daran hat das herauszufinden, als irgendwer anders auf diesem Planeten. Patrick erzählte mir von dem Anruf und deinem anschließenden seltsamen Verhalten. Auch, dass du beinahe aus den Latschen gekippt bist, als du Viktors Bild auf meinem PC entdeckt hast, ist mir nicht entgangen. Aber das alles war nur zusätzlicher Ansporn für mich und siehe da … ein wenig Internetrecherche gepaart mit den

Polizeidatenbanken, brachte mich zu Viktor Brokvist."

„Ähm … ich durfte nichts …"

„Ja, so etwas in der Richtung dachte ich mir. Daher habe ich auch nicht gefragt. Egal. Nun wissen wir es also beide."

„Und mein Onkel", fügte Nick noch immer leicht perplex hinzu. Er hatte Bahr erneut unterschätzt. Ein weiteres Mal stellte dieser unter Beweis, dass er nicht ohne Grund zu den besten Ermittlern zählte.

„Natürlich." Er stand auf und verließ den Raum. „Ich hole mal Nachschub", rief er aus der Küche.

Nick schluckte schwer, als er die leere Weinflasche begutachtete. *Und anschließend gehst du zum Angriff über.*

„Hossa, die Zeit der schnellen Bewegungen ist vorbei", verkündete Andreas und kicherte angeheitert. Er kam leicht wankend zum Sofa zurück und schenkte Nick und sich selbst nach. „Auf Viktor."

„Auf Viktor", wiederholte Nick und stieß sein Glas gegen Andreas'.

Während sie tranken, hafteten ihre Blicke aneinander. Nick wusste nicht, was er tun sollte. Zum Angriff übergehen?

„Hoppla“, lallte Andreas, beugte sich vor und stellte sein Glas ab. Der letzte Schluck, den er genommen hatte, war zum größten Teil auf seinem Shirt gelandet. „Trinken will gelernt sein.“ Er lachte, hob die Arme und zog sein Shirt in einer flinken Bewegung aus.

Nick starrte ihn an. Jetzt war es mit seiner Selbstbeherrschung vorbei. „Da … da ist noch … der Wein ist bis auf die Haut durchgegangen.“

Andreas schaute auf seine Brust hinab und grinst ihn anschließend breit an. „Gehört alles dir“, flüsterte er und lächelte.

Nick schluckte, doch nach dieser offensichtlichen Aufforderung ließ er sich nicht weiter bitten. Seine Finger zitterten leicht, als er Bahrs Brust berührte und durch den Wein fahren ließ. Er schaute Andreas tief in die Augen und leckte den Finger ab.

Andreas fuhr sich mit der Zunge über die Lippen. „Da ist noch mehr.“

Jetzt oder nie, dachte Nick und lehnte sich vor. Mit den Lippen tastete er über die nackte Haut und saugte den restlichen Wein auf. Andreas stöhnte und legte den Kopf in den Nacken, als sich die feuchten Lippen über seinen Hals zum Kinn vortasteten. Mit der linken Hand auf Andreas‘ Oberschenkel abgestützt, lehnte Nick sich weiter vor, um den

Mund erreichen zu können. Die Rechte griff in die dunkle Haarpracht im Nacken und dirigiert Bahrs Lippen mit festem Druck gegen seine. Beide stöhnten ihr lang aufgestautes Verlangen in diesen Kuss hinein, der augenblicklich an Intensität zunahm. Während ihre Zungen einander erkundeten, tippten die Fingerspitzen von Nicks linker Hand gegen die Beule in der Jogginghose. Freudiges Zucken bestätigte ihm, dass Andreas Gefallen daran fand und der Berührung nicht abgeneigt war. Er hob die Hand vom Oberschenkel und legte sie auf den massiven Schwanz, der rasant an Härte gewann.

Andreas schlang die Arme um Nick und zog ihn höher. Anschließend löste er seine Lippen aus dem Kuss und schaute ihn an. Mit einer Hand fuhr er ihm durch den Blondschopf. „Nick, warte. Ich weiß nicht, ob ich das kann."

Erschrocken nahm Nick die Hand von Andreas' Erektion.

„Nein, nein", beeilte er sich. „So meine ich das nicht." Er ergriff Nicks Hand und legte sie zurück auf seinen Schwanz. Sofort spürte er, wie sich Finger fest darum schlossen. Er stöhnte knapp auf. Nick war kurz davor, durchzudrehen. Andreas' massiver Schwanz lag einfach perfekt in seiner Hand. Die Feuchtigkeit, die an der prallen Eichel den Stoff durchdrang, trieb ihn weiter an den Rand des

Wahnsinns. Er liebte diesen Mann, er wollte alles von ihm. Mit festem Druck fuhr er mit dem Daumen über die feuchte Spitze und entlockte Andreas ein weiteres Aufstöhnen.

„Ich“, Bahr räusperte sich. „Ich meine, ich weiß nicht, wie das geht.“

Nick hielt inne und schaute ihn überrascht an.

„Also zwischen zwei Männern“, schob er hastig hinterher.

Nick grinste. „Willst du es denn? Falls nicht, dann sollten wir jetzt und hier aufhör…“

„Nein. Also, ja. Ja, ich will es, aber sei bitte behutsam mit mir, okay?“

Nicks Herz machte einen Sprung. Dieser Mann, dieser in jeder Lebenslage gestandene Mann, der kühle Fels in der Brandung. Dieser Mann bat ihn, während er ihm liebevoll in die Augen sah, behutsam mit ihm umzugehen. Das wollte Nick tun, er wollte behutsam sein und das am liebsten über Stunden, Tage und bis in alle Ewigkeit. Er nickte und rutschte an Andreas Körper hinunter. Liebevoll benetzte er die Brust und den Bauch mit Küssen. Seine Zunge folgte dem schmalen Streifen dunkelblonder Haare bis hin zum Bund der grauen Jogginghose. Die Finger massierten Andreas‘ harte Brustwarzen und folgten im Anschluss der feuchten Spur hinab. Sachte tasteten sie über jeden einzelnen der ausgeprägten Bauchmuskeln und schoben sich unter den Hosenbund. Die erste Berührung der feuchten Eichel ging noch zärtlich vonstatten, doch dann gab es für Nick kein Halten mehr. Er wollte, nein, er *musste* Andreas' Härte endlich in der Hand halten. Mit einem Ruck zog er die Hose herunter und besah sich den in die Freiheit wippenden Schwanz. Instinktiv hob Andreas den Hintern vom Sofa und ließ sich die Hose komplett von den Hüften ziehen. In einer einzigen Bewegung befreite Nick ihn von dem Stoff und warf die Hose hinter sich. Vor dem Sofa kniend hielt er kurz inne und besah sich mit angehaltenem Atem den Traum von einem Mann, den *nackten* Traum von einem Mann, der vor ihm auf dem Sofa lag. Am liebsten hätte er sich sein Smartphone geschnappt und Fotos gemacht, um die Bilder nicht nur im Kopf für die Ewigkeit zu bewahren. Nick lehnte sich vor und wog Andreas‘ feste Hoden in der Hand, während er einen Tropfen Liebessaft von dessen Eichel leckte. Er schloss die Augen und genoss das sämige Gefühl im Mund. Anschließend fuhr er mit der Zunge von der Spitze bis zur Wurzel und wieder zurück. Andreas stöhnte auf und krallte die Hände in die Sitzfläche. Sein Schwanz zuckte erfreut in Nicks Mundhöhle, als der begann, fester zu saugen. Er umspielte die Eichel mit der Zunge und schob sich die Härte bis zum Anschlag in den

Rachen. Andreas fuhr mit den Fingern in Nicks Haare und hielt ihn fest, während er seine Hüften anhob, um tiefer vorzudringen. „Das ist … oh … ah … Scheiße, Mann, das ist der Wahn…sinn“, stöhnte er laut. Immer schneller stieß er in die warme Mundhöhle, bis er sich, am ganzen Leib zitternd, zurückzog. „Oh, Fuck. Warte …warte“, meinte er und hielt Nicks Kopf, der sich erneut senken wollte zurück.

„Was ist? Gefällt es dir nicht?“

„Nicht gefallen? Machst du Witze? So einen geilen Blowjob hatte ich noch nie im Leben. Ist das … also … ist das immer so geil, wenn das Männer machen?“

Nick grinste ihn spitzbübisch an und wischte sich Speichel aus dem Mundwinkel. „Zumindest wenn ich es mache.“

Andreas biss sich auf die Unterlippe, um das leichte Beben zu verstecken. „Einfach geil. Darf ich … ich meine, ich würde es auch gerne mal … na du weißt schon.“

„Du willst mir einen blasen?“, fragte Nick überrascht. Er hätte nie im Leben damit gerechnet, dass Bahr es direkt beim ersten Mal ausprobieren würde.

Andreas nickte und rutschte auf die Kante der Sitzfläche vor. „Aber du musst mir Hilfestellung geben. Ich bin noch Jungfrau auf dem Gebiet."

„Das will ich doch hoffen", kicherte Nick und stand auf. Er entledigte sich seines Shirts und ließ die Knöpfe der Jeans aufspringen. Sein Schwanz schnellte hervor, als er die Hose bis zu den Knien hinunterschob.

„Wow", entfuhr es Andreas.

„*Deiner* ist wow, der ist …"

„Einfach nur wow." Vorsichtig betastete er Nicks Eier und wog anschließende den Ständer in seiner Hand. „Was soll ich jetzt machen?"

Nick drehte beinahe durch, als sich ihre Blicke trafen. Sein Schwanz zeigte auf Andreas' Lippen, nur wenige Zentimeter lagen dazwischen. „Erst fährst du mit den Lippen und der Zunge um und über die Eichel, dann nimmst du ihn langsam in den Mund auf."

Andreas presste Nicks Hoden fest zusammen, als müsse er etwas haben, woran er sich festhalten konnte. Anschließend tippte er vorsichtig mit der Zunge gegen die pralle Eichel. Wie Nick es beschrieben hatte, fuhr er um und über die Spitze, bevor er den Schwanz in sich aufnahm.

„Press die Lippen fester zusammen. Dann ist … oh, mein Gott, ja, so ist es … oh … so ist es gut.“

Andreas schob den Kopf weiter vor, versuchte Nicks Schwanz zur Gänze in sich aufzunehmen, doch gelang es ihm nicht. Mit einem Würgen und Röcheln entließ er die Härte und begann zu husten.

Nick lachte. „Nicht so gierig, mein heißer Bulle. Schieb in nicht bis ans Zäpfchen, versperr den Weg mit der Zunge.“

Andreas grinste und beugte sich erneut vor.

„Geil“, stöhnte Nick und begann, sein Becken rhythmisch zu bewegen. Schmatzende Geräusche erfüllten die Stille des Raumes, während er Andreas in den Mund fickte. Er schaute genau dabei zu, was dieser tat. Während er Nick einen blies, wichste er seinen eigenen Schwanz, stöhnte, seufzte und gierte nach mehr. Andreas‘ Augen leuchteten vor Verlangen, als sich ihre Blicke trafen. Mit Nicks Schwanz zwischen den Lippen versuchte er ihn anzugrinsen. Nick lächelte ebenfalls und zog sich aus ihm zurück. Er ließ sich in die Hocke sinken und presste ihm die Lippen auf den Mund. Mit einem Jauchzen ließ Andreas sich zurückfallen und zog Nick auf sich drauf. Mit Armen und Beinen hielt er ihn umklammert. Ihre Erektionen rieben gierig aneinander. Nick griff zwischen ihre Körper und massierte die Schwänze. Andreas stöhnte in den Kuss und ließ die Hände über Nicks Rücken und Hintern gleiten. Nick schob ihm eine Strähne verschwitzter Haare aus der Stirn, deren Ende Andreas immer wieder ins Auge fiel. „Danke“, stöhnte er in den Kuss hinein und stieß fordernder in Nicks Faust. Nick beschleunigte die Bewegungen ebenfalls. Sie keuchten, rieben ihre verschwitzten Körper fester gegeneinander. „Ich komme“, nuschelte Andreas. Nick kniff mit der freien Hand in Bahrs Brustwarze, woraufhin dieser den Kuss unterbrach, den Rücken durchbog und sich mit einem Ächzen in Nicks Faust ergoss. Nick stieß noch zweimal ins schmierig warme Sperma, riss den Kopf in den Nacken und entlud sich mit einem lauten Stöhnen. Aus Andreas‘ Schwanz drängte weiterhin Sperma in Stößen hervor, während Nick sich erschöpft auf ihn sinken ließ. Mit der einen Hand hielt er ihre Schwänze weiterhin fest umklammert. Mit der anderen strich er zärtlich über Andreas‘ Brust. Er spürte die wummernden Herzschläge unter seinen Fingern. Er liebte es, er liebte ihn. Nie wieder wollte er ihn gehen lassen. Sie schmiegten sich aneinander, küssten und liebkosten sich, bis der vorangegangene Orgasmus seinen Tribut forderte. Andreas‘ Atem verlangsamte sich und Nick stellte einen Augenblick später fest, dass Andreas eingeschlafen war. Auch er war erschöpft, rollte sich vom verschwitzten Körper herunter und fuhr mit dem Finger den Schaft von Andreas‘ erschlaffendem

Glied nach. Dann schlief auch er glücklich und erschöpft ein.

Kaum zehn Minuten später, während die beiden Männer tief und fest schliefen, öffnete sich die Wohnungstür.

„Ich wusste es“, fluchte Steffi leise zu sich selbst. Sie verschwand im Schlafzimmer, schnappte sich ein paar Sachen aus den Schränken und lief zurück zum Wohnzimmer. „Scheiß Schwuchteln, euch kriege ich dran.“ Sie zückte ihr Smartphone und schoss ein paar Bilder von Andreas und Nick, die nackt und mit Sperma besudelt nebeneinander auf dem Ledersofa schliefen. Hastig schaute sie die Bilder durch, nickte und ließ das Handy in der Tasche verschwinden. „Schade, hätte schön werden können, Andreas.“ So leise wie möglich verließ sie die Wohnung und zog die Tür hinter sich ins Schloss.

Als Nicks Handy klingelte, schreckte er dermaßen aus dem Schlaf, dass er vom Sofa fiel.

„Alles noch heil?“, murmelte Andreas.

„Ja, alles noch heil.“ Er bückte sich und fischte das Smartphone aus der Hosentasche. Kein leichtes Unterfangen, da seine Beine noch immer in der Jeans steckten.

„Hallo?“

„Schön, deine Stimme zu hören.“

Ein Schauer lief über Nicks gesamten Körper. Es war wieder die verzerrte Stimme. „Das kann ich nicht behaupten.“

Der Anrufer lachte laut auf, bevor er wieder sachlich wurde: „Morgen um Mitternacht, am Mühlstein. Nur dein Onkel begleitet dich! Rieche ich auch nur den Hauch von Polizei, gibt es Geschenke. Alles verstanden?“

„J…j…a.“

„Wunderbar. Dann sehen wir uns morgen und entfesseln gemeinsam das Unfassbare.“ Er legte auf.

„Wer war das?“

Nick zog sich die Hosen hoch und setzte sich zu Andreas, der noch immer wie Gott ihn schuf, auf dem Sofa lümmelte. Er legte das Smartphone auf den Tisch und seufzte.

„Hey. Alles klar?“ Andreas war an seine Seite gerutscht und legte ihm den Arm um die Schultern.

„Nein. Nichts ist klar. Das war … ach … Scheiße, ich darf es nicht erzählen, sonst …“

„… sonst bringt er wieder jemanden um?“

Er nickte.

„Super. Dann verrätst du nichts, sondern ich rate ein wenig. Was meinst du?“ Er zog ihn fest an seine Brust.

„Okay“, murmelte Nick gegen nackte Haut.

„Gut, also was haben wir? Es war wieder dieser Anrufer.“

Nick zeigte ihm den erhobenen Daumen zur Bestätigung.

„Okay. Dann … hmmm … er will sich mit dir treffen?“

Wieder zeigte er den Daumen.

„Das klappt gut, oder? Also dann. Dein Onkel soll mit dabei sein, aber keine Polizei oder sonst irgendwer.“ Als er erneut den erhobenen Daumen sah, nickte Andreas und lächelte. „Heute noch?“

Nick schüttelte den Kopf.

„Dann morgen?“

Nick hob den Daumen.

„Nachts, vermute ich.“ Er riet direkt weiter, als Nick auch dies bestätigte. Viel fehlte nicht mehr. Nur der Ort, doch das dürfte schwierig werden zu erraten. „Bei dir zu Hause?“

Nick schüttelte den Kopf.

„Draußen?“

Nick brummte eine Bestätigung gegen Andreas‘ Brust.

„Draußen also. Aber wo?“ Er tippte sich mit dem Finger gegen die Lippen.

Nick wand sich aus der Umarmung und stellte mit der Hand eine Pistole nach, anschließend zeigte er auf seinen Oberschenkel.

Andreas zog die Stirn kraus. Er war noch nie gut in Scharade gewesen, doch in diesem Fall schoss ihm die Erkenntnis in den Kopf wie eine Pistolenkugel durch den Oberschenkel. „Mühlstein.“

Statt des erhobenen Daumens wandte sich Nick in seine Richtung, nahm Andreas Kopf in die Hände und küsste ihn. Andreas lachte, schlang die Arme um ihn, ließ sich nach hinten fallen und zog Nick auf sich.

\~ \~ \~ \~

„Einfach so hier dran?“ Robert Hermanns deutete mit dem kleinen Mikrofon auf seine nackte Brust.

„Warten Sie, ich helfe Ihnen.“ Bahr wandte sich von Nick ab, der sein schwarzes Hemd bereits wieder zuknöpfte. Er war schon mal verwanzt. Fehlte noch sein Onkel.

Neben ihm und Berti befanden sich noch Andreas, Patrick und Sascha Kersting im Überwachungswagen. Bahr hatte Kerner von dem geplanten Treffen unterrichtet und dieser war sofort dazu übergegangen, alles in die Wege zu leiten, da auch er noch ein Hühnchen mit dem BND Beamten zu rupfen hatte, wie er sagte. Sascha Kersting war von ihm ins Gebet genommen worden. Er erklärte ihm, dass Viktor Brokvist nicht ganz gar in der Birne sei und ständig etwas von irgendwelchen Visionen und Fähigkeiten erzählte. Durch diese Notlüge sicherte er sich und seine Leute ab, denn dass sie während dieses nächtlichen Treffens etwas Derartiges hören würden, stand außer Frage. Nick hatte Andreas und Patrick bereits erzählt, dass Kerner über die Gabe und die Visionen Bescheid wusste. Somit konnte Andreas einigermaßen mit dem Entschluss seines Chefs leben. Dennoch hatte er ihn zu Beginn angefleht, den unbeliebten Kommissar aus dem Spiel zu lassen. Durch die Aussage, es sei mehr als sinnvoll, einen wahrhaftigen Paragrafenreiter an Bord zu haben, ließ er sich schlussendlich von seinem Chef überzeugen. Kerner hatte schlichtweg bestimmt, dass er dieser waghalsigen Operation nur zustimme, wenn Andreas diese nicht mit Jörgens alleine durchziehen würde. Dafür stand zu viel auf dem Spiel. Ein Paragrafenreiter, der im Ü-Wagen bliebe, sollte es doch hart auf hart kommen, wäre nur von Vorteil. Abgesehen davon war Kerstings Spezialgebiet die elektronische Überwachung jeglicher Art.

Um kurz vor Mitternacht hatten Robert Hermanns und sein Neffe den Wagen verlassen. Mit Nicks Auto waren sie anschließend zum Parkplatz am Mühlstein gefahren.

Der schwarze Ü-Wagen stand versteckt in der größtmöglichen Entfernung, die eine funktionierende Funkübertragung gewährleistete, im Wald. Jörgens schmiss das Nachtsichtgerät auf den Sitz. „Nix als Bäume. Da hilft auch das beste Fernglas nichts."

Bahr und Kersting saßen mit Kopfhörern am Schaltpult. Sie hatten davon abgesehen, Nick und seinem Onkel einen Empfänger ins Ohr zu setzen. Das wäre zu auffällig gewesen. Die beiden konnten demnach keine Anweisungen empfangen. Kersting und ihm war es allerdings möglich mitzuhören, sodass er gegebenenfalls gemeinsam mit Patrick einschreiten konnte. Diese ganze Operation wühlte ihn ziemlich auf, doch Nick hatte darauf bestanden, sich mit dem BND Beamten zu treffen. Er wollte wissen, was es mit der Gabe auf sich hat und vor allem wollte er weitere unnötige Tote vermeiden. Nach dem vorangegangenen Abend spielte Andreas' Inneres vollkommen verrückt. Der Sex hatte ihn aus seiner kontrollgesteuerten Bahn geworfen und ihn in ungeahnte Sphären katapultiert. Auch wenn ihm der Kopf schwirrte, er keine Ahnung davon hatte, wie er sich den Verlauf seines weiteren Lebens vorstellen sollte, er musste sich eingestehen, dass es ihm gefiel. Endlich wusste er, was all die Jahre gefehlt hatte, nicht der Sex mit einem Mann, sondern das Spontane, das Herausgerissen werden aus der durchstrukturierten Umlaufbahn. Hinzu kam der Punkt, dass allein der Gedanke an Nick ein heißes Glühen durch seinen Körper pulsieren ließ. Steffi löste etwas Derartiges nicht aus. Sie hatte es nie getan und sie würde es wohl auch nicht mehr tun. Er mochte sie, doch hatte sie ihn im wahrsten Sinne des Wortes kaltgelassen. Um Steffi würde er sich später kümmern müssen, denn sie war nach ihrem zickigen Abgang nicht mehr aufgetaucht. Nun galt es, Nick und seinem Onkel die Daumen zu drücken und sich zusammenzureißen, um nicht hinauszuspringen und seinem Prinzen nachzueilen, um ihn vor dem bösen Drachen Brokvist zu retten.

„Es geht los." Kersting hatte ihn angestoßen und auf seine eigenen Kopfhörer gezeigt. Andreas nickte. Auch er konnte Viktor reden hören.

"~ ~ ~ ~"

„Schön, dass ihr vollzählig erschienen seid. Ich darf euch doch duzen? Wie wir jetzt ja wissen, gehören wir schließlich zur selben Familie, nicht wahr?"

„Scheint so. Also?", erkundigte sich Onkel Berti knapp.

„Nicht hier. Ist zwar nicht die Uhrzeit für Spaziergänger, aber man kann ja nie wissen. Kommt."

Nick folgte ihm und fragte: „Wo gehen wir hin?"

„Nur ein paar Schritte."

„In die Ruine?", horchte Berti überrascht nach.

Viktor lachte knapp. „Du kannst ja hellsehen."

Nick wechselt mit seinem Onkel einen flüchtigen Blick, zuckte mit den Schultern und folgte Viktor zu der kleinen Ruine am Waldrand. Nachdem sie über die losen Steine, die überall herumlagen, gestiegen waren, standen sie neben Viktor in den Resten des Zollturms aus alten Zeiten. Der Turm war an einen Hügel gebaut, der sich weit in den Wald hinein anhob. Genau an dieser Wand tastete ihr Führer gerade das Mauerwerk aus kopfgroßen, grauen Steinen ab. Als er eine Klappe öffnete, die als solch ein Stein getarnt war, staunten die anderen beiden nicht schlecht. Zum Vorschein war ein kleiner Ziffernblock gekommen. Er tippte einen vierstelligen Code ein. Ein bisher nicht sichtbarer Durchgang öffnete sich geräuschvoll.

„Das ist … was ist das?", fragte Onkel Berti verblüfft.

„Geheimversteck vom BND. Kommt."

„Zwei Fünf Eins Sieben", flüsterte Nick, bevor er den anderen hineinfolgte.

~

„Danke, Nick", murmelte Andreas und notierte sich die Kombination. Ihm wurde immer unwohler bei dieser Operation. Er hatte sich den Zugriff für den Fall, dass etwas aus dem Ruder lief, so einfach vorgestellt, doch nach neusten Erkenntnissen wurde das Ganze komplizierter. Die drei befanden sich nun in einer Art Höhle, vermutete er und hoffte, dass die Funkübertragung nicht abbrach, nachdem sich die Tür geschlossen hatte.

~ ~ ~ ~

Nicks Unbehagen stieg drastisch an, als er sah, dass Viktor auf der Innenseite der Tür ebenfalls einen Code eingab. Mit einem schabenden Geräusch verriegelte sich der Eingang. Hoffentlich hatte Andreas seine Nachricht bekommen und hoffentlich konnten die drei im Ü-Wagen auch weiterhin mitverfolgen, was passierte.

„So, geht ruhig durch." Viktor wedelte mit der Hand und scheuchte sie in einen quadratischen Raum, der höchstens drei mal drei Meter maß.

Er stellte sich ihnen gegenüber. „So, wo wir nun unter uns sind, runter mit den Klamotten!" Wie durch Zauberei war eine Pistole in seiner Hand erschienen. Er deutete damit an, dass sie seinen Worten Taten folgen lassen sollten.

Nick stand mit erhobenen Händen da. „Ich wusste, dass es eine beschissene Idee war, dem Treffen zuzustimmen."

„Nicht doch. Reine Vorsichtsmaßnahme. Ihr zwei seid mir zu nah am Polizeigeschehen dran. Und dass Bahr ein cleveres Kerlchen ist, habt ihr uns ja in der Nacht- und Nebelaktion gezeigt. Oder glaubt ihr, wir wussten nichts von dem Ausbruch? Wir haben euch ziehen lassen, wollten sehen, wie effektiv euer zusammengewürfeltes Team wirklich ist. Aber das nur mal nebenbei, um das mal klarzustellen. Also noch mal: Ausziehen!“

„Aber Sie können doch nicht …“, setzte Berti an.

„Ich kann.“ Erneut ruckte die Waffe in seiner Hand.

Nick sah seinen Onkel fragend an. Sie schauten sich eine Weile tief in die Augen, bis ein aufforderndes Räuspern sie zurück in die Wirklichkeit holte.

„Fuck!“, fluchte Nick und riss sich sein Hemd auf.

„Ein feiner Zug von dir. Wie ich sehe, lag ich wohl nicht so falsch mit meiner Vermutung.“ Er trat auf Nick zu und riss die Wanze von dessen Brust.“

„Autsch.“

„Tut mir leid. Und jetzt bitte den Rest.“ Viktor tippt mit dem Lauf der Pistole gegen Nicks Oberschenkel.

„Bitte?“

„Hör zu.“ Viktor war ganz nah an ihn herangetreten. Die Mündung der Waffe drückte sich dabei schmerzlich gegen Nicks Schritt. „Familie hin oder her, du ziehst dich jetzt aus. Komplett! Verstanden?“

„Aber Sie haben doch, was Sie wollten“, mischte sich Berti ein.

„Haltet ihr mich für bescheuert, oder was? Ich bin ein Agent des Geheimdienstes. Ich gehe immer – und ich meine immer – vom Hinterhältigsten in jedem Menschen aus. Ich vermute demnach, dass ihr nicht nur eine Wanze bei euch habt.“

~ ~ ~ ~

„Sie haben uns absichtlich entkommen lassen?“, brummte Andreas.

Kersting schaute ihn nachdenklich an. „Die haben Sie getestet. Aber warum?

„Wenn ich das wüsste.“

„Und jetzt sollen sich die beiden ausziehen. Seltsame Methoden sind das da beim BND.“

„Der Typ ist total durchgeknallt. Der gehört weggeschlossen. Wenn so jemand beim deutschen Geheimdienst arbeitet, sehe ich echt schwarz für unser Land. So ein Irrer“, murrte Andreas.

„Seien Sie doch froh, dass die Übertragung überhaupt noch funktioniert.“

„Sie …“ Bahr brummte verstimmt.

Eine Hand legte sich auf seine Schulter. „Hey, bleiben Sie ruhig“, meinte Patrick in offiziellem Ton, „der Kollege hat nicht unrecht.“

„Ja, verdammt. Aber muss er sie direkt dazu zwingen, vor ihm alle Hüllen fallen zu lassen?“

Kersting schaute ihn kritisch an. „Er ist ein Agent des Geheimdienstes, wie er gerade selbst noch einmal betonte, das war doch klar, dass so etwas dabei herauskommt."

Bahr stierte ihn entgeistert an. „Klar? Ihnen war das klar?"

Kersting nickte. „Es war zumindest eine Option. Wenn der Beamte nicht ganz unfähig ist, was er nicht ist, wie wir mittlerweile wissen, war es eine ziemlich sichere Option."

„Sie …" Bahr funkelte ihn an und zeigte drohend mit dem Finger auf ihn. Er fühlte sich richtig bescheuert. Wieso war er eigentlich nicht darauf gekommen? „Darüber reden wir noch."

„Wie Sie wünschen."

Patrick massierte Andreas' Schulter, um ihm zu bedeuten, nicht auszurasten. Er hatte keinen Schimmer, was Andreas daran so sehr missfiel, dass er kurz davor war, aus dem Ü-Wagen zu stürzen, aber er hatte da so seine Theorie.

~

„Beschnitten. Gefällt mir." Viktor trat auf Nick zu. Sein Onkel und er standen mittlerweile splitternackt vor dem BND Agenten. Nick zuckte zusammen, als das kalte Metall der Waffe seine Eichel berührte. Mit einem breiten Grinsen fuhr Viktor mit der Pistole Nicks Schwanz entlang - von der Spitze bis zur Wurzel. Nick zitterte am ganzen Leib, sein Atem ging stoßweise und seine Handflächen waren nass vom Schweiß. Er traute nicht, sich zu rühren, als sich die Mündung gegen seine Hoden drängte. *Eine falsche Bewegung und ich kann mich von meinem besten Stück samt Kronjuwelen verabschieden.* Mit flatternden Lidern, versuchte er Viktors Blick standzuhalten.

Mit einem Ruck wandte sich Viktor um.

Nick entließ erleichtert die angehaltene Luft. *Was war denn das? Steht der auf Kerle?*

„Gleiches Recht für alle." Der Beamte zog im Weggehen sein schwarzes Shirt über den Kopf und warf es in die Ecke. Anschließend nahm er die Mikrofone aus der Hosentasche. „Und die beiden Wanzen müssen nun leider das Zeitliche segnen." Er warf sie zu Boden und trat mit den schweren Stiefeln drauf.

„Nein!", brüllten Nick und Andreas zeitgleich.

Andreas riss sich die Kopfhörer herunter. „Wir müssen stürmen! Sofort!“ Die Hand hatte er bereits auf der Klinke.

„Warte!“ Patrick hatte ihn am Gürtel erwischt und hielt ihn fest. „Sei vernünftig.“

„Vernünftig? Was gibt es Vernünftigeres, als zu stürmen?!“, brüllte Bahr und versuchte sich von Patricks Griff loszumachen. Scheinbar alle Gefühle, die er seit jeher in die hinterste Ecke seines Inneren verbannt hatte, bündelten sich und brachen geballt aus ihm hervor. „Lass … mich … los!“, grollte er.

Während Bahr und Jörgens sich gegenseitig anschnauzten und miteinander rangen, presste sich Kersting die Kopfhörer fester ans Ohr. Dabei tippte er wie verrückt auf dem Schaltpult herum. „Wartet“, meinte er. „Hallo?“ Er wandte den Kopf. „Ruhe!“, brüllte er.

Die Rangelei hinter ihm erstarrte. Bahr und Jörgens blickten ihn verblüfft an. Seit wann konnte der Kollege dermaßen laut werden?

„Was ist?“, blaffte Andreas.

„Eine Wanze lebt noch.“ Er wedelte ungeduldig mit Andreas‘ Kopfhörern in dessen Richtung.

Bahr sprang zurück auf den Sitzplatz, setzte sich die Hörer auf und lauschte angestrengt. „Sie haben recht“, flüsterte er und nickte. Der Ton war nicht mehr der Beste, ein Kratzen und leichtes Rauschen lag in der Übertragung. Aber das Wichtigste war, dass sie überhaupt noch etwas hörten. Die Erleichterung stand ihm ins Gesicht geschrieben.

In dem Raum waren nun alle drei Männer nackt.

„Schön, dass dir gefällt, was du siehst“, meinte Viktor und deutete auf Nicks Schwanz, der sich zu regen begann. Er grinste anzüglich und zwinkerte, wurde im Anschluss aber sofort wieder ernst. „Kommen wir zum eigentlichen Grund unseres Treffens.“

„Was passiert jetzt?“, wollte Berti wissen. Die Hände hielt er schützend vor seinen Schritt. Schamröte war ihm in die Wangen gebrannt. Die skurrile Situation machte ihm arg zu schaffen.

„Wir setzen Stufe Vier der Gabe frei, was sonst?“

„Und Sie wissen, wie das funktioniert?“, hakt Nick nach.

„Es steht nicht beschrieben, falls du das meinst. Wir drei, alle benetzt mit der dritten Stufe, müssen zusammenfinden. Das jedenfalls lese ich aus den Zeilen.“

„Was wir ja nun getan haben. Eine Veränderung spüre ich allerdings nicht.“

Onkel Berti nickte seinem Neffen zustimmend zu.

„Die Gabe wurde durch Berührung überhaupt erst aktiviert, somit schlage ich vor, dass wir uns einfach an den Händen fassen. Was meint ihr?"

„Was verbirgt sich eigentlich hinter der vierten Stufe?", fragte Nick und überging Viktors Vorschlag für den Moment.

„Finden wir es heraus." Er legte die Pistole auf den Berg seiner Anziehsachen und streckte den beiden auffordernd die Hände entgegen.

Nick wechselte noch einen kurzen Blick mit seinem Onkel, dann traten sie auf Viktor zu. Ein schrilles Surren schoss durch Nicks Kopf. Es schien sich nicht im Raum, sondern direkt in seinem Kopf zu befinden. Den schmerzlich verzerrten Gesichtern der anderen nach zu urteilen, erlebten sie in diesem Augenblick dasselbe. So schnell wie es eingesetzt hatte, war es allerdings auch wieder vorbei. Irritiert wechselten sie Blicke untereinander.

Nick war der Erste, der seine Sprache wiederfand: „Hat es … funktioniert?"

„Irgendetwas ist jedenfalls passiert", meinte Viktor.

Onkel Berti nickte zustimmend.

Nick hielt den Blick auf die zertretenen Wanzen geheftet. Seine Gedanken wanderten zu Andreas, bevor er schreiend in die Knie brach.

~

„Nick!“, brüllte Bahr und riss sich wieder die Hörer vom Kopf. Dieses Mal war er schneller als Jörgens. Während Patrick noch auf das Stück Stoff, das er aus Andreas‘ Hemd gerissen hatte starrte, war Bahr bereits aus dem Ü-Wagen gesprungen und hatte die mitgenommene Taschenlampe eingeschaltet. „Andreas! Warte!“ Patrick wandte sich an Kersting. „Sie warten hier.“

Kersting zog die Brauen hoch und rollte mit den Augen. „Was sollte ich sonst tun?“

Patrick schnaubte. Am liebsten hätte er dem Kerl eine reingehauen, aber er wusste schließlich nicht, wie tief Patricks, Andreas‘ und Nicks Beziehung ging. Statt zu diskutieren schnappte er sich ebenfalls eine Stablampe, sprang auf den bemoosten Waldboden und sprintete hinter Andreas her. Die Dunkelheit, die zwischen den hohen und dicht gewachsenen Bäumen herrschte, machte die Verfolgung nicht gerade einfach. Der schmale Lichtkegel seiner Lampe brachte nicht viel. Hinzu kam, dass Bahr ein ausgesprochen guter Sprinter war. „Andreas! Warte doch! Lass uns das mit klarem Kopf angehen. Verflucht!“ Er sprang über einen umgefallenen Stamm und nahm anschließend leicht strauchelnd wieder Fahrt auf.

~ ~ ~ ~

Andreas liegt langgestreckt auf dem Boden. Die Hände sind mit einem Strick am weißen Heizkörper fixiert. Im Mundwinkel und am Kinn sehe ich getrocknetes Sperma. Schläft er? Ich trete einen Schritt vor, damit ich um den Tisch herum sehen kann. Mir stockt der Atem. Mein Herz setzt aus, bevor es in rasantem Tempo seine Arbeit wieder aufnimmt. Von einer Sekunde zur anderen bricht alles in mir zusammen. Mein gesamter Körper wird von einem eiskalten Schauer geplagt. Ich zittere wie Espenlaub. Schwankend bewege ich mich auf den blassen Körper zu. Meine Augen füllen sich mit Tränen. Mein Magen beginnt zu rebellieren. Mit verschleiertem Blick sehe ich, wie sich auf Andreas Brust getrocknetes Sperma mit frischem Blut vermischt. Der Saft des Lebens spült aus einer allmählich versiegenden Quelle hervor. Ein Loch, hervorgerufen durch eine Pistolenkugel, klafft direkt über seinem Herzen. Ich reiße den Mund auf, will meine Wut, meine Liebe, all meine zerrissenen Gefühle hinausschreien, doch verweigern die Stimmbänder mir den Dienst. Mit einem stummen Schrei auf den Lippen sinke ich in die Knie und ergreife seine Hand. Meine bebenden Lippen drücken einen Kuss auf die Finger. Einen letzten Gruß, einen Kuss des Abschieds.

Ein dumpfes Hämmern schwirrt durch meinen Kopf, wird lauter und macht sich wenig später im gesamten Zimmer breit. Jemand ruft nach mir, brüllt meinen Namen.

„Nick!"

„Er kommt zu sich." Robert Hermanns schaute seinen Neffen erleichtert an. „Gott sei Dank. Was ist denn passiert?"

„Wirst alles sehen", verkündete Viktor und schlug Berti auf die Schulter. „Wahnsinn, oder?"

Nick setzte sich auf und massierte sich die Schläfen. „Was …? Was hat das … zu bedeuten?"

Viktor wandte sich lachend um und streckte die Hände in Richtung der Decke. „Das ist einfach genial. Endlich geschafft."

„Aber …"

„Nein, warte." Er hatte sich zu Nick gedreht und hielt ihm eine Hand entgegen. „Lass mich raten. Du hast an Andreas Bahr gedacht, nicht wahr?"

Nick legte den Kopf schief. „Ich … ich bin nicht ganz … sicher. Ich habe …" Da fiel es ihm wieder ein. Das letzte, was er vor seinem Zusammenbruch gesehen hatte, waren die Wanzen, dann schweiften seine Gedanken ab und fanden sich bei Andreas ein. Ja, Viktor hatte recht. Er nickte knapp.

„Ein wahrlich göttlicher Abgang."

„Sie … bitte … wie können Sie das wissen?"

Viktor antwortete nicht, sondern schaute ihm nur tief in die Augen.

Plötzlich sprang Nick auf. Die Antwort hatte er in Brokvists Pupillen abgelesen. Er war es. Er hatte … nein … er würde … Andreas Bahr die tödliche Kugel durchs Herz jagen, nachdem er ihn … „Shit", fluchte er. Ihm schwirrte der Kopf.

Viktor nickte anerkennend. „Er hat's kapiert." Mit der Waffe, die er bereits wieder in der Hand hielt, deutete er auf Nick.

„Sie verdammtes Arschloch!" Nick sprang auf die Füße und wäre sofort wieder gefallen, hätte Berti nicht blitzschnell reagiert und ihn gestützt. „Er hat … er wird …", stotterte Nick den Tränen nahe und zeigte auf Brokvist.

Ein Hämmern dröhnte durch den Raum. Wieder wurde sein Name gerufen.

„Da möchte jemand rein." Viktor deutete mit dem Kopf zur Tür.

Nick stemmte die Hände in die Hüften. „Und er wird gleich hier sein."

Brokvist schüttelte langsam den Kopf. „Auch wenn er den Code kennt, wovon ich ausgehe, lässt sich die Tür nicht von außen öffnen, wenn sie von innen verriegelt wurde."

„Dann lasse ich ihn halt rein", stellte Nick klar und machte sich von seinem Onkel los.

„Na na na. Wir sind hier noch nicht fertig." Die Mündung der Pistole zeigte auf Nick. Mit dem Daumen entriegelte Viktor die Waffe. „Ein Vorschlag zur Güte." Er seufzte und fuhr sich mit der freien Hand durch die Haare.

Nick grollte, blieb aber stehen. „Ich höre."

Erneutes Donnern raste durch den Raum.

„Wir gehen zur Tür, du sagst, dass es euch gut geht, wir aber noch etwas bereden müssen."

Berti schaute Nick in die Augen. Er sah, dass es in dessen Hirn arbeitete. Schließlich nickte sein Neffe. „Einverstanden."

„Bevor wir gehen … lasst uns etwas anziehen, mir wird langsam kühl." Er bückte sich, um die Sachen vom Boden zu nehmen und begann damit sie überzuziehen. Nick und sein Onkel folgten sofort seinem Beispiel.

Komplett angekleidet marschierten sie zum Eingang. Die Pistole drückte dabei in Nicks Rücken. „Du weißt, was zu tun ist."

„Andreas!", brüllte Nick der Tür entgegen. Das Hämmern verstummte augenblicklich.

„Nick?", klang es kaum hörbar von außen.

„Ja, ich bin es. Es geht uns gut."

„Oh, Gott sei Dank. Nick."

„Hör zu."

„Ich hol euch da raus. Irgendwie. Versprochen."

„Nein, warte. Andreas!"

„Was denn? Ich bringe den Kerl um!", tobte Bahr.

Viktor grinste Nick breit an und drückte ihm die Waffe fester ins Fleisch.

„Ist ja gut", murrte Nick. „Andreas!"

„Was denn?"

„Wir haben noch etwas zu besprechen. Anschließend lässt er uns gehen. Hast du verstanden?"

„Was …? Ich … Ja, ich habe verstanden. Wann?“

Nick schaute fragend zu Brokvist. Der zuckte mit den Schultern. „Halbe Stunde“, brummte er.

„In einer halben Stunde ungefähr!“, informierte Nick Andreas.

„Und keine Minute länger, sonst sprengen wir die Tür auf!“

Nick schluckte und schaute sich seine Umgebung an. Bevor er Andreas mitteilen konnte, dass der ganze Bau dann wahrscheinlich zusammenbrechen und sie unter sich begraben würde, riss Viktor ihn von der Tür weg. „Gehen wir.“

"~ ~ ~ ~"

„Hast du dein Funkgerät dabei?“

„Klar. An so etwas denke ich immer, wenn ich aus einem Ü-Wagen springe und meinem Chef wie so ‘n Berserkerdings durch den Wald hinterherstürme. Bin froh, dass ich noch die Lampe schnappen konnte.“

Bahr musterte Patrick einen Augenblick. „Ich bleibe hier, du holst das Funkgerät, damit wir mit Kersting in Kontakt bleiben können. Er muss uns berichten, was im Inneren passiert.“

„Dann gehen wir einfach beide zurück und …“

„Nein!“, brüllte Andreas. „Ich bleibe hier, verstanden?“

„Schon gut, schon gut. Bin sofort wieder da.“ Patrick wandte sich um und raste zurück zum Wagen. Er sprang über Wurzeln und umgefallene Bäume, schlug Äste beiseite, die danach gierten, ihm das Gesicht zu zerkratzen. „So eine beschissene Nachtaktion“, motzte er in die Dunkelheit des Waldes.

~

„Warum habe ich gesehen, dass jemand eine Kugel durch Andreas Bahrs Herz geschossen hat. Und warum weiß ich, dass Sie dieser jemand sind, ohne es gesehen zu haben?“, setzt Nick mit zittriger Stimme an, als sie zurück in dem kleinen Raum waren.

„Wirst alles sehen. Das ist die vierte Stufe.“ Viktor schaute zu Boden. „Ein Überlebender?“ Er schob die Wanzen mit der Stiefelspitze zusammen, dann trat er nochmals drauf. Als würde er eine Zigarette austreten, drehte er den Fuß so lange hin und her, bis nur noch winzige Plastik- und Metallstücke von den Mikrofonen übrig waren. „Besser“, meinte er zu sich selbst.

Nick und sein Onkel schauten gebannt zu. Hieß das, der Ü-Wagen hatte bis jetzt doch noch alles mithören können? Berti schien sich dieselbe Frage zu stellen, wie Nick in dessen Gesicht ablesen konnte. Sein Onkel besann sich als Erster wieder aufs Wesentliche und mutmaßte: „Sie wussten, was uns erwartet.“

Viktor nahm die Hände hoch. „Erwischt.“

„Aber was genau ist es?“, mischte Nick sich ein.

„Wir können von jetzt an alle Tötungen sehen, wenn wir nur an eine bestimmte Person oder an einen Ort oder was auch immer denken."

„Ich werde von jetzt an immer zusammenbrechen, wenn ich an Andreas denke und jedes Mal seinen Tod sehen? Dann erschießen Sie mich lieber sofort!"

„Ihr müsst es wollen. Ihr müsst an die Person denken und euch ebenfalls die Frage nach deren Ableben stellen. Abgesehen davon muss einer der Castner Linie oder ein Besitztum dieser Familie in der Nähe sein." Er zog etwas aus der Hosentasche und hielt es in die Luft. „Nur dann zeigt euch die Vision, was passieren wird."

„Woher haben Sie den Ring?" Nick tastete hektisch seine Hosentaschen ab. Eindeutig, das war Bahrs Ring, den Viktor zwischen den Fingern drehte.

„Taschendiebstahl war schon als kleiner Junge ein Hobby, das mich faszinierte. Manchmal kann ich einfach nicht anders." Er setzte eine Unschuldsmiene auf und schaute Nick aus seinen großen, blauen Kulleraugen an.

„Wie dem auch sei." Nick schüttelte den Kopf, um Viktors Getue aus seinem Blick zu verbannen. „Sowohl Andreas als auch sein Ring waren in der Nähe, das macht Sinn, aber ich habe aber doch gar nicht …"

„Du musst es getan haben. Vielleicht unterbewusst?“

Nick seufzte. „Das ist mir alles zu hoch.“ Er schloss die Augen und rubbelte mit den Händen übers Gesicht.

„Warum sind Sie eigentlich so erpicht darauf diese Stufe zu besitzen?“, wollte Berti wissen.

„Geheimdienstsachen.“

„Geheimdienstsachen. Soso. Sie wollen die Gabe für Ihren Job einsetzen? Um bei Ihrem Chef zu glänzen, oder was?“

„Das habe ich nicht nötig.“

„Ach nein?“

„Nein.“

„Und warum, wenn ich fragen darf? Weil Sie ein so toller Agent sind, oder was?“

„Weil *ich* der Chef bin.“

„Heilige Scheiße …“, entfuhr es Nick. Er hatte in der Bewegung innegehalten und blickte durch den Spalt zwischen seinen Fingern hindurch.

„Na, nicht ganz. Sei’s drum. Stellt euch vor, was ich von nun an alles erreichen kann, was verhindert werden kann. Attentate auf hohe Tiere in der Politik kann ich von jetzt an voraussehen und verhindern. Sowohl im wahren Leben, vor Ort als auch innerhalb der Vision, falls ich keine Lust habe, das Haus zu verlassen. Terroranschläge auf ganze Stadien oder andere Stätten können abgewendet werden. Es ist fantastisch. Es ist … wow! Einfach nur Wow!“

„Dem stimme ich voll und ganz zu, aber warum werden Sie Andreas Bahr erschießen? Das macht für mich keinen Sinn.“

„Natürlich nicht. Weil ihr nicht das ganze Bild seht. Ihr kennt die Zeilen. Es dürfen nicht mehr als drei unserer Blutlinie zusammenkommen, ansonsten verpufft der Zauber komplett.“

„Jeder aus der Castner Linie kann nur ein einziges Mal eine Gabe bei uns aktivieren. Das hat Andreas bei mir getan. Also noch mal: Warum muss er sterben? Er ist doch keine Gefahr!“

„Okay, Nicolas, ich verrate dir etwas.“

„Noch mehr?“, seufzte Nick genervt.

„Ja. Bei dir und mir besteht keine Gefahr, dass noch Kinder nachkommen.“ Er zwinkerte ihm zu und hielt inne, bis er erkannte, dass Nick den Sinn der Worte erfasst hatte. *Er ist tatsächlich schwul!* Anschließend nickte Viktor und fuhr fort: „Bei deinem Onkel … na ja, sagen wir mal, ich bin mir einigermaßen sicher. Aber das ist auch nicht der Punkt. Der Punkt ist, dass es keine Menschen geben darf, die die Gabe aktivieren. Von unserer Blutlinie können Tausende herumlaufen, solange keiner von den Castners auftaucht. Bevor ich also alle Verwandten und deren Kinder meiner eigenen Familie ausfindig mache und ihnen eine Kugel in den Leib jage, mache ich das lieber beim anderen Stammbaum. Die dienen ausschließlich der Aktivierung. Danach sind sie nutzlos, solange wir einen Gegenstand von ihnen besitzen. Sie selbst haben mit der Gabe überhaupt nichts mehr zu schaffen …"

„Aber …"

„Lass mich ausreden!", fuhr er Nick über den Mund und funkelte ihn wütend an. Die Augen hatte er zu schmalen Schlitzen zusammengepresst. Der Blick bohrte sich stechend bis in Nicks tiefstes Inneres. Binnen einer Sekunde hatte sich seine Gesichtsfarbe zu einem alarmierenden Rot verändert. Sogar die Halsschlagader konnte man problemlos hervorstehen und pulsieren sehen.

Nick verschränkte die Arme vor der Brust und funkelte wütend zurück. Dass seine Finger vor Wut und Angst zitterten, versuchte er zu verstecken.

„Ich habe …“ Er räusperte sich. Die Gesichtsfarbe ging schlagartig wieder gegen normal und die Härte wich aus Viktors Stimme, als er weitersprach: „Ich habe mir bereits die Mühe gemacht, die Castner Familie unter die Lupe zu nehmen. Beim BND habe ich ja ganz nützliches Werkzeug dafür an der Hand. Und was soll ich dir sagen? Andreas Bahr ist der letzte dieser Blutlinie.“

„Na, da haben Sie es doch. Und er hat seine Aufgabe bereits erfüllt.“

„Das ist korrekt. Allerdings ist er eine potenzielle Gefahr, denn er könnte, nein, er wird mit seiner puppenhaften Verlobten sehr wahrscheinlich noch Kinder in die Welt setzen. Und dann? Was machen wir dann? Die Sprösslinge um die Ecke bringen?“

„*Wir* machen das schon mal gar nicht. Der Einzige, der vollkommen besessen ist, sind Sie. Sie scheinen eine Menge mehr über diese Gabe zu wissen, als mein Onkel und ich. Sie wissen auch einiges über die Menschen, die auf irgendeine Weise damit zu tun haben. Aber ich habe da eine Neuigkeit für Sie, die Ihren fanatischen Plan aushebeln wird.“

„Ich bin ganz Ohr.“

„Andreas wird keine Kinder zeugen und wissen Sie auch warum?“

„Du wirst mich bestimmt jeden Augenblick mit diesem Wissen erleuchten“, meinte Viktor emotionslos.

„In diesem Fall tue ich das sogar sehr gern. Er ist nämlich mit mir zusammen. Und so sehr wir uns auch anstrengen werden, Kinder dürften dieser Beziehung nicht entspringen.“

Sowohl sein Onkel als auch Viktor schauten ihn verblüfft an. Auf Nicks Miene zeichnete sich ein Gewinnerlächeln ab, das Brokvist mit seinem folgenden Satz allerdings sofort wieder in sich zusammenfallen ließ: „Das ist in der Tat eine Überraschung. Doch wer sagt mir, dass das eine dauerhafte Verbindung sein wird?“

Nick funkelte ihn an. „Ich.“

Er nickte. „Jetzt ergibt das alles zumindest einen Sinn.“

„Was meinen Sie?“

„Na, dieses seit Kurzem auflodernde unprofessionelle und infantile Verhalten des Kommissars.“ Er deutete zur Tür. „Er wirkt in der Tat ziemlich verknallt.“

Nick grinste erneut. „Dann werden Sie von Ihrem Vorhaben abrücken?“

„Sagen wir mal, ich denke darüber nach."

Das war mehr als Nick erhofft hatte. Somit blieb er stumm und nickte dankbar.

„Die halbe Stunde ist gleich rum. Es ist alles gesagt. Wir sollten gehen", meinte Brokvist nach einem Blick auf seine Uhr. „Geht. Ich habe, was ich wollte. Alles, was ich brauche, um den Menschen mehr Sicherheit zu geben. Geht, den Code kennt ihr."

„Und Sie?"

„Ich komme gleich nach. Die Wiedervereinigung der Liebenden muss ich mir nicht anschauen. Ich kann meinen Brechreiz schlecht kontrollieren." Er zog eine angewiderte Miene.

Nick brummte verstimmt, doch überwog die Freude, Andreas gleich in die Arme zu schließen.

~ ~ ~ ~

„Wie sieht's aus?", fragte Patrick statt einer Begrüßung, als er in den Ü-Wagen sprang.

„Er hat's gemerkt." Sascha Kersting bohrte sich mit den Fingern in den Ohren und verzerrte das Gesicht. „Und ich werde für die nächsten Stunden ein schrilles Fiepen in den Ohren haben."

Patrick grinste knapp, während er Kersting den Rücken zugewandt die Tür schloss. Als er sich umdrehte, versuchte er Bedauern auf seine Miene zu zaubern, was jedoch nur mäßig gelang. Dass sie von jetzt an nicht mehr verfolgen konnten, was sich im Inneren der Höhle abspielte, war tatsächlich sehr schlecht, aber dass Kersting eins auf die Ohren bekommen hatte, ging ihm runter wie Öl. Er konnte sich drehen und wenden, wie er wollte, er schaffte es einfach nicht, Sympathie für diesen Mann zu empfinden.

„Das ist nicht gut."

„Bitte?", brüllte Kersting, der im Augenblick wirklich ziemlich taub zu sein schien.

Patrick wiederholte seinen Satz etwas lauter: „Das ist nicht gut!"

Der Kommissar nickte. „Das stimmt. Was machen wir jetzt?“

Jörgens war einen Schritt zurückgewichen, da nun ihm wiederum Kerstings Gebrüll in den Ohren zu klingeln begann. „Sie bleiben am besten hier und halten die Stellung. Ich nehme zwei Walkie-Talkies mit, sodass wir in Kontakt bleiben können, okay?“

„Zwei was?“

„Walkie-Talkies, Funkgeräte“, erklärte er eine Spur lauter.

„Okay!“

„Gut“, murmelte Patrick zu sich selbst. „Und jetzt nix wie weg hier.“ Er öffnete die Tür, nickte Sascha noch einmal zu und sprang hinaus. Nachdem er den Wagen geschlossen hatte, machte er sich auf den Rückweg.

~ ~ ~ ~

Ein scharrendes Geräusch dröhnte durch den dunklen Stein. Andreas riss die Tür sofort komplett auf, als sie sich einen Spalt weit öffnete. Um nichts in der Welt wollte er riskieren, dass sie sich ein weiteres Mal vor seiner Nase schloss.

„Nick!“, rief er und riss ihn in seine Arme. „Bin ich froh, dass es dir gut geht … euch gut geht“, verbesserte er hastig, als auch Robert Hermanns ins Freie trat.

Nick schlang die Arme um ihn und verschloss seine Lippen mit einem Kuss, in dem unendliche Erleichterung lag.

„Wo ist dieses Schwein?“ Er hatte Nick von sich geschoben und schaute ihm tief in die Augen.

Nick zeigte hinter sich. „Er ist noch drin.“

Bahr setzte eine grimmige Miene auf, schob ihn beiseite und stürmte mit gezogener Waffe durch den Eingang. Als Nick ihm folgen wollte, hielt ihn sein Onkel. „Lass ihn. Das sollten die beiden unter sich ausmachen.“

„Du hast recht.“

„Verdammte Scheiße!“, echote Andreas‘ Stimme im Inneren.

Nick wirbelte nun doch herum und rannte in die Höhle. „Andreas! Was ist los?“

Bahr stand vor einer Wand in dem kleinen Raum, in dem sie sich die letzten Minuten aufgehalten hatten und fluchte.

„Andreas?“ Nick war hinter ihn getreten und hatte ihm die Hand auf die Schulter gelegt. „Was ist passiert? Und wo zum Geier ist Brokvist?“

Andreas deutete auf die Wand vor sich. „Als ich ankam, sah ich gerade noch, wie sich hier eine Tür schloss. Er ist abgehauen.“ Bahr brummte verstimmt. „Feigling“, murmelte er.

Nick trat vor und suchte mit ihm gemeinsam die Mauer nach einem verborgenen Mechanismus ab. Als er nichts fand, wandte er sich an Andreas: „Lassen wir ihn ziehen. Er wird irgendwann wieder auftauchen. Davon bin ich überzeugt.“

Andreas brummte, senkte den Kopf und scharrte mit dem Fuß über den sandigen Boden. „Wie du meinst.“ Er zog Nick wieder an sich, küsste ihn und fragte anschließend: „Was ist passiert? Du musst mir alles erzählen. Komm.“ Andreas ergriff Nicks Hand und zog ihn mit sich nach draußen.

„Ich hatte es ja geahnt, aber das … woo-hoo.“ Patricks breites Grinsen zog sich von einem Ohr zum anderen, als er Bahr und Eifer Händchen haltend aus dem Berg kommen sah.

„Gewöhnen Sie sich an den Anblick“, meinte Andreas und gab Nick einen Kuss.

„Daran werde ich mich schnell gewöhnt haben. Jetzt muss ich mir aber einen neuen Sexpartner suchen. Mist.“

Bahr schaute Nick fragend an.

„Ähm … ja. Das wirst du tun müssen“, bestätigte er hastig.

Andreas nickte zufrieden. „Für dich wohl kein Problem, jemand Neuen zu finden, schätze ich.“

„Alles klar bei Ihnen?“

Erschrocken ließ Andreas Nicks Hand los und schaute ihn entschuldigend an. Kersting kam aus dem Wald auf sie zu.

„Schon okay“, flüsterte Nick.

„Ja, Kollege. Hier ist alles klar.“

Fragend zog er die Augenbrauen hoch, nachdem er einen Blick in die Runde geworfen hatte. „Wo ist Viktor Brokvist?“

„Entwischt", gestand Bahr knapp.

„Wie konnte er denn entkomm…?"

„Erkläre ich Ihnen später. Lasst uns erst mal hier verschwinden."

Geschlossen gingen sie zum Parkplatz. Andreas und Nick wechselten hin und wieder heimliche Blicke, doch, so schwer es beiden auch fiel, sie wahrten den Abstand. Patrick verfolgte das Schauspiel belustigt. Nick, Andreas und Robert fuhren mit Nicks Wagen in Richtung Stadt davon, während er sich mit Kersting zum Ü-Wagen begab.

"~ ~ ~ ~"

Onkel Berti hatte sich, zu seiner eigenen Sicherheit, wie er sagte, für eine Kneipentour am Abend entschieden. Er wollte das junge Glück nicht stören. Sie waren zwar zuerst zu Andreas' Wohnung gefahren, doch dort wütete Steffi, als sie eintrafen. Andreas hatte Nick gebeten, unten zu warten. Er wollte versuchen, die Sache mit ihr zu klären.

Nick hatte die zweite Zigarette noch nicht zu Ende geraucht, als Bahr mit hochrotem Kopf und wutentbrannt aus der Haustür stürmte. Nick fragte erst gar nicht. Es war offensichtlich, dass das Gespräch, so es denn eines gegeben hatte, nicht gut verlaufen war.

Als sie im Wagen saßen, brach es aus Andreas hervor, als hätte jemand die Mauer eines Staudammes weggesprengt: „Ich habe versucht, es ihr schonend beizubringen. Ich meine, wir waren seit Jahren zusammen. Und zuletzt sogar verlobt! Aber sie wollte von alledem nichts wissen. Sie hat mich in einer Tour angekeift, mich als Verräter und Schwuchtel beschimpft. Sie hat mir an den Kopf geworfen, dass sie jetzt verstehe, warum ich im Bett eine Null sei. All das brüllte sie, während sie haufenweise Klamotten aus den Schränken rupfte und in unsere Reisetaschen stopfte. Als ich ihr sagte, dass es mir leidtue, erhielt ich eine Ohrfeige als Antwort. Ich habe sie hingenommen, was hätte ich auch tun sollen? Sie hat ja recht. *Ich* bin derjenige, der es komplett verbockt hat. Ich! Verstehst du, Nick? Ich hätte viel früher auf den Trichter kommen müssen, dass ich mit Frauen nicht viel anfangen kann. Doch hier holt mich die Erziehung meines Vaters scheinbar ein weiteres Mal ein. Es wäre schändlich gewesen, verstehst du? Schändlich! Eine Tragödie im Hause Bahr! Mit einem Arschtritt, der sich gewaschen hätte, hätte er mich im hohen Bogen vor die Tür befördert. Seinen braven, wohlerzogenen Sohn, nein, nicht Sohn, seinen Erben, den er zu einem emotionslosen aber emsigen Roboter gedrillt hatte! Scheiße, verdammt! Alles hätte ganz anders verlaufen sollen, anders verlaufen müssen! So viele Jahre meines Lebens habe ich weggeworfen und es nicht einmal bemerkt!“

Nick hatte Andreas schweigend zugehört, ihm die Chance gelassen, sich all den Kummer von der Seele zu reden. Dies erschien ihm als sehr wichtig. Er musste sich endlich von dem Druck, den sein gesamtes Umfeld seit jeher auf ihn ausübte, befreien.

Als sie später in Nicks Wohnzimmer saßen, war Andreas derjenige, der schweigend zuhörte. Nick berichtete ihm, was in der Höhle vorgefallen war und was er erfahren hatte. Dass es sich bei Viktor

Brokvist um den Chef von dem BND Laden handelte, war für Andreas eine interessante Neuigkeit, die weitere Vorgehensweisen gegen diesen Mann allerdings wesentlich erschwerten. Dass Nick mehr Gewissheit über seine, Viktors und Roberts Gabe erhalten hatte, freute ihn, doch als die Vision zur Sprache gekommen war, hatte sich alles in ihm zusammengezogen. Viktor Brokvist würde ihm eine Kugel durchs Herz jagen? Und um dem Ganzen die Krone aufzusetzen, sollte das geschehen, nachdem er mit diesem Kerl Sex gehabt hatte? Er konnte sich einfach keinen Reim darauf machen, wie dieses Szenario überhaupt zustande kommen sollte. Er bekannte sich nun dazu, Männer zu lieben, aber Brokvist? Er hatte doch Nick! Dennoch entsprachen dessen Visionen bisher immer der Wahrheit. Er hoffte, dass Nick mit seinen Worten Viktor gegenüber diesen zukünftigen Mord abgewendet hatte, aber konnte er sich dessen sicher sein? Mit ungewohnt zittriger Stimme fragte er: „Würdest du es überprüfen?"

Nick nahm den Kopf von Andreas' Brust und schaute ihm tief in die Augen. „Willst du das wirklich? Ich bin nicht sicher, ob ich den Anblick noch einmal verkrafte, ohne durchzudrehen."

„Es … nun … es ist … bestimmt nicht einfach für dich, das kann ich gut verstehen, und ich bin selbst nicht sicher, ob ich es wissen will, aber …" Er zuckte mit den Schultern.

Nick setzte sich ganz auf, lehnte sich auf dem Sofa zurück und rieb sich mit den Händen übers Gesicht. „Andreas, ich weiß es wirklich nicht. Nein, eigentlich brennt es mir auch unter den Nägeln, aber ich … ich traue mich nicht, kannst du das verstehen?" Er nahm sein Weinglas vom Tisch und leerte es in einem Zug.

Andreas nickte. „Das kann ich. Aber es ist wichtig. Nicht nur für dich und mich, sondern für die ganze weitere Planung. Für sämtliche Entscheidungen den BND und Brokvist betreffend. Für Kerner und sein Auftreten, diesem Agenten und uns gegenüber. Für einfach alles."

„Du hast ja recht. Es nicht zu wissen, ist wahrscheinlich noch viel schlimmer, als es ein weiteres Mal mitzuerleben."

Nick nahm Andreas' Hand und konzentrierte sich auf dessen Tötung.

"~ ~ ~ ~"

Steffi hatte den Ring ihres Vaters zurückverlangt, was Andreas in eine ziemlich missliche Lage brachte. Das Schmuckstück befand sich schließlich in Viktors Obhut. Zwei Umstände machten die Sache schwierig, ihn davon zu überzeugen, den Ring zurückzugeben. Erstens benötigte er ihn, um seine Visionen auszulösen und zweitens war er seit dem Tag in der Ruine nicht mehr aufgetaucht.

Selbst Kerner, mit seinen Kontakten zum BND, blieb ratlos zurück. Der Mann schien wie vom Erdboden verschwunden.

Andreas hatte Steffi versprochen, das Erbstück zurückzubringen, doch ob er sich mit dieser Aussage nicht übernommen hatte, blieb vorerst fraglich.

Zwei Wochen waren seit dem Treffen ins Land gezogen, die Andreas und Nick zusammengeschweißt hatten. Abgesehen von Jörgens wusste bei der Arbeit offiziell allerdings noch niemand von der trauten Zweisamkeit.

Nachdem Steffi den abschließenden und, wie sie es nannte, unwiderruflichen Abflug gemacht hatte, schmiedete Bahr mit Eifer bereits Pläne. Nick hatte seine Wohnung an Onkel Berti übergeben und für ihn selbst stand am Wochenende der Umzug in Andreas‘ Wohnung an. Die beiden freuten sich wie Schneekönige, auch wenn sie in den vergangenen Wochen bereits mehr Zeit bei Andreas verbracht hatten, als allein in ihren jeweiligen Wohnungen. Patrick war fürs Möbel- und Kartonschleppen fest mit eingeplant, doch bevor die Aktion am Sonntag starten würde, wollte er sich bei dem herrlichen Sommerwetter noch einen entspannten Tag am hiesigen Baggersee gönnen.

Nachdem Patrick sein Umfeld gecheckt und sich bis auf die Badehose von seinen Klamotten befreit hatte, zog er sein Buch aus der Umhängetasche und machte es sich auf der Decke gemütlich. Er genoss die sonnigen Tage am See, hier konnte er in jeglicher Hinsicht entspannen. Manchmal ließ er sich ausschließlich die Sonne auf den Pelz brennen und las dabei ein gutes Buch. Bei anderen Besuchen verschlug es ihn auch mal ins Waldgebiet, das den Baggersee zur Gänze einschloss. Mit dem Auto kam man nicht bis an den See heran. Somit konnte man bereits unterwegs die Lage peilen, denn der entfernt liegende Parkplatz bescherte einem einen halbstündigen Waldspaziergang, der meist schon einiges an nacktem Fleisch zum Vorschein brachte. Nicht so am heutigen Tag. Das Angebot haute ihn wirklich nicht aus seiner hellblauen Designerbadehose. Allerdings war es auch noch recht früh am Tag. Er holte seine Thermoskanne mit frisch gebrühtem Kaffee hervor, goss sich ein und genoss den ersten Schluck mit geschlossenen Augen. Während er den Becher leerte, schaute er sich um. Ein paar Jugendliche schienen eine Party am Ufer zu geben. Mittig zwischen den fünf Jungs stand ein Monstrum von einem Gettoblaster. Patrick schüttelte den Kopf, als sie sich mit ihren Bierflaschen zuprosteten und tranken. Die Musik war zwar laut, aber gerade noch in einem Maß, dass er sie ausblenden und sich in sein Buch vertiefen konnte. An diesem Ort den Bullen raushängen zu lassen, sagte ihm ohnehin nicht zu. Wenn ihn etwas Derartiges dennoch mal zu sehr nervte, ging er hin und regelte die Sache auf seine Art - in zivil. Im Normalfall verlief es ohne nervtötende Diskussionen, da allein seine Größe und die Muskelpakete sein Gegenüber kuschen ließen. Hin und wieder durften sich seine Fäuste aber auch ausgiebig austoben. Von Zeit zu Zeit eine waschechte Prügelei mit jungen heißen Kerlen … konnte sich ein schwuler Mann ein schöneres Training vorstellen? Natürlich wusste er, dass ihm als Polizist eigentlich eine andere Rolle zufiel, die des Aufpassers und der Unterbindung von Gewalt, doch manchmal musste es einfach raus.

Er rückte seine Sonnenbrille zurecht, klappte das Buch auf und begann zu lesen.

Wie eine einzige Minute kam es Patrick vor, doch stellte er fest, dass er wohl eingenickt sein musste. Ein Schatten schob sich plötzlich vor das Licht der Sonne. Erst als die Wärme aus Patricks Gesicht wich, hob er träge die Lider. Sein Buch lag schief auf seinem Bauch. *Woher kommt die Wolke? Der komplette Vormittag hat mit blauem Himmel geglänzt, für den Rest des Tages ist die Prognose nicht anders gewesen.* Er blinzelte noch einmal und stützte sich auf die Ellenbogen auf.

„Nette Aussicht, vielversprechend."

„Und hält, was sie verspricht. Auf Anfrage auch langanhaltend." Patrick zwinkerte dem Blonden, der sich vor ihm und somit vor der Sonne aufgebaut hatte, zu.

„Ich beobachte dich schon eine ganze Weile."

Patrick lachte auf. „Ohne überheblich klingen zu wollen, aber alles andere hätte mich arg überrascht."

Sein Gegenüber stieg in das Lachen mit ein. „Selbstbewusst, humorvoll und unverschämt sexy. Gefällt mir. Lust auf einen Waldspaziergang?"

„Gern." Patrick streckte ihm auffordernd die Hand entgegen und ließ sich auf die Füße ziehen.

Nachdem die beiden Blonden, die sich in Statur, Alter und Größe kaum unterschieden, in den Wald getreten waren, schaute Patrick sich nach einem geeigneten Platz um. „Da rüber“, meinte er und deutete in die entsprechende Richtung. „Nick hatte bereits erwähnt, dass Sie Männern zugewandt sind. Da Sie ja scheinbar alles, was im Präsidium und auch drumherum vonstattengeht, mitbekommen, hatte ich mich ehrlich gesagt bereits gefragt, wie lange es dauern würde, bis Sie Kontakt aufnehmen.“

„Ich konnte nicht früher. Ein paar Sachen, die ich noch erledigen musste, zwangen mich dazu, eine Weile von der Bildfläche zu verschwinden. Jetzt bin ich wieder da.“ Er schlug sich mit der Faust gegen die Brust.

„Gut. Bevor wir uns gegenseitig in den siebten Himmel ficken, lassen Sie mich eines klarstellen.“

Er grinste knapp, nickte und forderte Patrick auf, fortzufahren.

„Ich finde es einen tollen Zug von Ihnen, dass Sie jetzt von der Tötung Bahrs absehen, aber das heißt nicht, dass ich Ihnen traue, klar?“

„Ich bin ein Agent des deutschen Geheimdienstes, wie könnte ich erwarten, dass Sie mir trauen?“

„Sag ich doch. Können Sie eben nicht!“ Patrick grinste, ergriff ihn an den Schultern und schlug Viktor Brokvist mit dem Rücken gegen den nächstgelegenen Stamm. Begleitet von einem erotischen und erwartungsvollen Knurren, entwich die Luft aus dessen Lungen.

„Spielen wir bad cop und good cop“, schlug Brokvist vor.

„Einverstanden. Wer ist wer?“

„Finden wir es heraus!“

Patrick bog Viktors Kopf nach hinten, drückte ihn fester gegen die grobe Rinde und ließ seine Zunge über dessen Brustbein, Hals und Kinn wandern. Brokvist war nicht minder hastig bei der Sache. Seine Hand schob sich bereits nach wenigen Augenblicken in Patricks Badehose. Mit beinahe schmerzhaft festem Griff presste er Patricks Härte in seiner Faust zusammen. *Auch in Muskelmasse und Kraft stehen wir uns in nichts nach*, dachte Patrick, während sein Körper zwischen Geilheit und Schmerz schwebte. Er hob sein Knie an und presste es Viktor zwischen die Beine. Dieser stöhnte laut auf. Es war kein schmerzerfülltes Stöhnen, sondern vielmehr ein forderndes, sodass er den Druck gegen die Hoden noch erhöhte. Brokvists Atem ging stoßweise, er hatte sichtlich Mühe, dem Druck standzuhalten. Als er es nicht mehr aushielt, stieß er Patrick von sich. Er schlug mit dem Rückgrat auf den Waldboden. Viktor war mit einem Satz über ihm und hielt ihn am Boden fixiert. „Gewonnen“, rief er und zerrte ihm die

Badehose von den Hüften. Er schlang die Arme um Patricks Taille und wirbelte ihn herum, sodass sich dessen Bauch und Gesicht in die Tannennadeln, die den kompletten Waldboden übersäten, pressten. Er spürte, wie Brokvist die Hand zwischen seine Backen schob. Patrick verdrehte lustvoll die Augen. Schon der Gedanke, den in jeglicher Hinsicht großen BND Chef in sich zu spüren, trieb ihn in den Wahnsinn. Viktor legte seine Spalte weiter frei. Patrick zuckte zusammen, als er ihm mehrfach gegen die Rosette spuckte. Sein Schwanz drückte sich dadurch noch stärker in die vertrockneten Nadeln. Viktor wusste das genau und genoss es. Der Mann konnte einen scheinbar gezielt zwischen Schmerz und Verlangen treiben. Patrick schloss die Augen, als er bemerkte, wie Viktor sich ein Kondom überstreifte und die Eichel gegen seinen Eingang drückte. Er war zwar seit jeher für beide Positionen offen, doch gefiel ihm der aktive Part weitaus mehr. Er hatte schon lange nicht mehr unten gelegen und nachdem, was er gesehen hatte, machte er sich ein wenig Sorgen, ob Viktors Riese ihn nicht sprengen würde. Gebannt wartete er auf dessen nächsten Schritt, auf den Stoß, der ihm die Sinne schwinden lassen würde. Nichts passierte. Viktor ging stattdessen noch auf ein weiteres Spiel ein. Jörgens wandte den Kopf und schaute ihn an. Mit einem gierigen Blitzen in den Augen grinste Viktor zurück und zeigte ihm den Inhalt seiner Hand. In einem Berg von Tannennadeln lagen kleine Zapfen und ein paar der runden Hülsen von Bucheckern. Patrick schluckte schwer, als das Grinsen breiter wurde. Nachdem er den Blick wieder nach vorne in den Wald gerichtet hatte, spürte er Viktors Hand, seine Hoden umschließen. Die zuvor gesehene stachelige Mischung presste sich schneidend in die dünne Haut. Patrick wusste weder ein noch aus. Es tat verdammt weh, aber es war auch verdammt geil. Noch ehe er den Gedanken zu Ende bringen konnte, drang Brokvist in ihn ein. Mit einem lauten Stöhnen, das zwischen Qual und Erfüllung lag, schnellte Patricks Kopf in den Nacken.

„Das gefällt dir, nicht wahr?" Mit rhythmischen Bewegungen stieß er in ihn hinein. Jedes Mal fühlte es sich härter und tiefer für Patrick an. Es dauerte einen Augenblick, bis sich sein Muskel an den harten Widerstand gewöhnt hatte, dann überwog die Lust, die in jede winzige Zelle seines Körpers schwappte. Brokvist kontrollierte Patricks Intensität der Lust, indem er mehr oder weniger kraftvoll die kleinen Folterinstrumente der Natur in seine Hoden presste. Viktors Stöhnen wurde lauter, die Stöße kraftvoller, er grollte wie ein wildes Tier, wenn er sein komplettes Gewicht auf Patrick legte.

Einer der Jungs, die zuvor am See mit dem Gettoblaster zusammenstanden, war in den Wald getreten. Er schien von dem Akt, der sich unweit von ihm am Waldboden abspielte, nichts mitzubekommen. Viktor legte sich wieder der Länge nach auf Patrick und hielt ihm die Augen zu. Als beide erneut laut ihre Lust hervorstießen, wandte der Jugendliche den Kopf. Er stand an einem der Bäume und pinkelte. Er riss die Augen auf, als sich sein Blick mit Viktors verhedderte. Als er fertig war, drehte er sich in ihre Richtung. Dabei schüttelte er die letzten Tropfen von seinem Schwanz. Den irritierten, wie auch interessierten Blick hielt er weiterhin auf das fickende Paar gerichtet. Viktor grinste, als er sah, dass er härter wurde. Das spornte ihn weiter an. Er nahm die Hände von Patricks Augen, und bevor dieser die Szene überhaupt erfasst hatte, zog sich Viktor aus ihm zurück und schoss eine Ladung warmen Spermas über seinen Rücken bis hoch in den Haaransatz.

Der Jugendliche stockte, schaute auf seinen harten Schwanz und wirbelte erschrocken herum. Während seiner Flucht zurück zum See versuchte er, den Ständer in die Badehose zu zwängen. Viktor lachte laut auf und drehte Patrick auf den Rücken.

„Wo hast *du* dich denn herumgetrieben?“ Er pflückte die Reste des Waldbodens, die sich in Patricks Haut gepresst hatten, herunter. Ein dankbares Nicken erntete er, bevor er sich mit dem Mund über Jörgens' Schwanz hermachte. Mit einer

Handvoll Tannennadeln rieb er über dessen Brustwarze und trieb Patrick damit erneut an den Rand des Wahnsinns. Doch dieses Mal bremste er ihn nicht im letzten Moment, sondern schluckte den sämigen Erguss bis auf den letzten Tropfen. Sie schauten sich in die Augen, während Viktor das langsam erschlaffende Glied mit der Zunge umspielte und es säuberte.

„Du … du bist … eindeutig der … bad cop“, brachte Patrick schwer atmend hervor.

„Und ich bin es gerne.“ Er grinste, biss Patrick flüchtig in die Brustwarze und stahl sich einen Kuss.

"~ ~ ~ ~"

Andreas und Nick dirigierten die anderen mehr herum, als dass sie selbst halfen. Patricks Grinsen, das ihm ins Gesicht gemeißelt schien, irritierte Nick jedes Mal aufs Neue, wenn sich ihre Wege kreuzten. Seiler und Stür waren auch verdonnert worden, beim Umzug zu helfen. Die beiden hatte es bei der Verkündung der Neuigkeit, die allerdings im kleinen Rahmen stattfand, beinahe aus den Latschen gehauen. Jörgens war vor Lachen augenblicklich zusammengebrochen.

„Hey“, rief Nick und hielt Patrick am T-Shirt fest.

„Auch Hey. Ist ja irre, wie viel Krempel du hast.“ Er setzte sein Dauergrinsen wieder auf und wollte mit drei Kartons beladen an Nick vorbei.

„Warte mal.“

„Was ist?“

„Sag du es mir. Du grinst wie ein Honigkuchenpferd. Was ist gestern passiert?“

„Ich freu mich, dass der Mord an deinem Freund, den du in deiner Vision gesehen hast, jetzt doch abgeblasen wurde.“

„Woher weißt du, dass ich keine Vision von einer Tötung hatte?“

„Tja, man hat so seine Kontakte.“

„Viktor“, sprach Nick das Schlüssigste aus.

„Nick, glaub mir, es war der Hammer. Wir haben den ganzen Nachmittag und Abend gevög… ähm … zusammen verbracht. Ja, er hat einiges auf dem Kerbholz und ja, ich weiß, dass er deinen Onkel beinahe gefoltert hätte, aber dennoch, er ist kein schlechter Kerl, ehrlich. Hat halt ‘nen Job, der nicht jedem passt, in dem allerdings manchmal Handlungen nötig sind, die ihn als Ungeheuer darstellen.“

„Verstehe. Ich werde nicht in Begeisterungsstürme ausbrechen, aber wenn es dich glücklich macht … von mir aus. Habt Spaß. Richte ihm bitte unseren Dank aus. Ich bin so glücklich, dass ich keine Vision erhalten habe, als ich mich auf Andreas‘ Tötung konzentrierte. Er wird, so wie die Dinge im Augenblick stehen, auf einem natürlichen Wege sterben – irgendwann.“

„Genau. Irgendwann.“ Andreas war ins Zimmer getreten. Er stand hinter Nick und schlang die Arme um seinen Liebsten. „Gib ihm den hier.“ Andreas schob Patrick einen silbernen Ring in die

Hosentasche. „Hat meinem Vater gehört. Dafür gibt er den Ring von Steffis Vater zurück, okay?“

„Werd’s ihm ausrichten. Verhör beendet? Darf ich gehen? Die Kartons sind echt schwer.“

„Klar. Darfst du. Oh, du hast die drei mit den Büchern erwischt“, meinte Nick kichernd und drückte ihm einen flüchtigen Kuss auf die Wange, bevor er ging. Das Grinsen sprang sofort zurück in Patricks Gesicht und setzte sich dort fest. So war doch noch alles zu einem guten Ende gekommen. Er hatte Andreas, zog sogar mit ihm zusammen und Patrick? Tja, Patrick hatte in Lichtgeschwindigkeit einen neuen Sex-Partner gefunden.

Ende des

dritten Teils

15734634R00101

Printed in Poland
by Amazon Fulfillment
Poland Sp. z o.o., Wrocław